霊能探偵・藤咲藤花は人の惨劇を嗤わない

2

Author 綾里けいし
Illust. 生川

「ああ、このまま
時間が止まってしまえばいいのになぁ」
「残念だけど、それは難しいな」
「朔君とずっと二人だけの世界がいい」

「俺も、そうならいいって思ってるよ」
優しく言って、朔は藤花の髪を撫でた。
藤咲朔
Saku Fujisaki
藤咲藤花
Toka Fujisaki

「お待ちしておりました」
永瀬未知留
Michiru Nagase

誰を。
いったい、誰を待っていたというのか。
そう、朔は思う。
瞬間、藤花は彼の手をほどいた。朔は目を見開く。
慌てて、彼は彼女の掌をつかもうとした。
だが、指は宙を掻く。
藤花は、前に出た。
未知留はほほ笑む。

『少女たるもの』と女は向かいあった。
二人の狭間に、重い沈黙が落ちる。

それは互いのなにもかもを、
わかっているかのような、不思議な無言だった。

「大丈夫ですか？」
彼はほほ笑んだ。
彼女もほほ笑みかえした。
笑ったのは、もうずいぶんと
ひさしぶりのことだと思った。
たった、それだけの。
それだけのなによりも大切な
思い出だ。

contents

design TANIGOME KABUTO(musicagographics)

霊能探偵・藤咲藤花は人の惨劇を嗤わない 2

Author 綾里けいし
Illust. 生川

藤咲藤花

「かみさま」になりそこねた少女。
本家から逃れ、
朔とともに逃亡生活の
最中にいる。

藤咲 朔

藤花の従者として、
彼女を本家から守り逃亡を続ける。
異能を強めるという
特異な異能の目をもつ。

プロローグ

桜が、

桜が咲いていた。

しんしんと、白色が地へと静かに降り落ちていく。その穏やかさは雪にも似て、けれども、まるで異なるものだった。花弁は柔らかく、優しい。だから、彼女は春のことが好きだった。

彼女には春は似合わないと。そう、何度も嘲笑《ちょうしょう》とともに言われたものだけれども。

だが、ふさわしくないものでも、好くことだけは許される。彼女はそう知っていた。

そうやって、彼女は生きてきた。

そうでなければ、生きのびることなどできなかった。

世界は、彼女にはふさわしくないもので溢《あふ》れている。その中で這《は》いつくばるように息をしながら、彼女はひとつひとつの物事を勝手に好いて光り輝くものにあこがれを抱いて生きてきた。

地獄の中でも、彼女はそうして微《かす》かに息をしてきたのだ。それは本当に、健気《けなげ》な試みであり、戦いだった。自分でなければとうの昔に疲れ果てて死んでいる――――そう考えたのも一回や二回ではない。だが、息絶えて死んでしまっていたほうが、本当はよかったのかもしれなかった。

劣化品でありながらも、そうして彼女は生き残ってしまった。

そのうえ恥知らずにも、彼女は生きる理由をもうひとつ見つけたのだ。

過去のできごとである。

ずしゃりと、
そのとき、彼女はみじめに転んだ。

理由は覚えていない。石でもあったのか。慣れぬ場に、足をもつれさせたのか。それとも、手近な大人になんの理由もなく、肩を突かれたのであったか……。どれでもおかしくはなく、ゆえに、正解などわからないままだ。ただ、そのとき、彼女の前にふわりと跪《ひざまず》く人があった。

そっと、彼は彼女に手を差し伸べた。汚れた彼女の指に迷いなく触れて、彼は囁《ささや》いた。

「大丈夫ですか?」

彼はほほ笑んだ。

彼女もほほ笑みかえした。

笑ったのは、もうずいぶんとひさしぶりのことだと思った。

瞬間、彼女は彼が大好きになった。

たった、それだけの。
それだけのなによりも大切な思い出だ。

第一の事件　泳がない金魚

パチンと、朔《さく》は場末のビジネスホテルの電気を点《つ》けた。

簡素な部屋には、ベッドと書き物机だけが置かれている。じじっと質の悪い蛍光灯が震えた。禁煙の部屋が選べなかったため、壁からはかすかに煙草《タバコ》の匂いがする。

すでに、時刻は深夜を回っていた。

前を、てててと藤花《とうか》が駆けていく。疲れきった様子で、彼女はベッドに飛びこんだ。

「わー、ついに横になれるよー」

「ああ、今日は一日歩きどおしだったものな」

そう、朔は声をかける。荷物を並べて置き、彼もベッドに腰かけた。藤花はシーツに顔をこすりつけている。その頭を朔はよしよしと撫《な》でてやった。藤花は気持ちよさそうに声をあげる。

「えへへ、朔君ー、きもちいいよー」

「ああ、ゆっくり休もうな」

だが、疲れるにはまだ早いとも言えた。

二人の逃亡生活は、始まったばかりだ。

藤花を愛《め》でながらも、朔は今後のことを考える。

先日、『かみさま』は死んだ。
永遠に続く、鳥籠《とりかご》の中で、
彼女は自らの死を選んだ。

そうして、藤咲《ふじさき》家の絶対的な象徴は亡くなった。


その後、本家の人間が大量に死んだことからも、異能の強い少女を掲げる分家が中枢を乗っ取り、うまいこと藤咲の一族は回りだしたという。ここまでは朔と藤花も事実を確認していた。

だが、問題はそれからだ。

本家の生き残りを押さえつけることに、今まで分家は躍起になっていた。

だが、ここから先は多数の信者からの奉納金、政治家や富豪との強力なコネクションを失わないために、『騙《だま》し、騙し』やっていくほかない。その活動にあたって、分家の少女は朔の『目』を求めるものと予想ができた。

朔の目は異能の目だ。

彼は、他人の能力を増幅することができる。

新たな『かみさま』の地位についたハリボテ――分家の少女からすれば、喉《のど》から手が出るほど欲しい異能だろう。朔《さく》を得たあと、まちがいなく、彼女は独占をこころみるものと予測ができた。捕らわれれば、朔と藤花《とうか》はひき離されることとなるだろう。

それを拒むのならば、逃げるしかなかった。

混乱が続いている間はいいだろう。だが藤咲《ふじさき》が本気の追っ手を放ってきたとき、朔と藤花程度がどこまで逃げられるかは不明だった。彼らは警察組織にまで手を回してくる可能性が高い。

そうなれば、果たして抵抗が可能なものか。朔にはわからなかった。

（俺や藤花の家族が、意思をくんで協力してくれるものとは絶対に思えない。これから先も、二人だけでやっていくしかないんだろうな）

彼は考えこむ。そのときだ。朔のジーンズをつつくものがいた。犯人候補は一人だけである。見れば、藤花はのんきな笑顔を浮かべていた。

「ふへへ、朔君、ふへへへ」

「うーん、疲れすぎてテンションがあがってるなー、ほれ」

ぽんっと、朔は藤花の肩を押した。応えて、彼女はごろんとあおむけになる。その腹をごろごろーっと、朔は撫《な》でてやった。きゃっきゃと笑いながら、藤花は左右に動く。

子猫のようにかわいらしく、彼女は声をあげた。

「ふぁあ、朔君、くすぐったいよ」

「ほらほら、ごろごろ」

「うにゃうにゃ」

「もっと、ごろごろ」

そうして藤花《とうか》と遊びながらも、彼は引き続き頭を回した。

何度くりかえしたところで、思考は同じ結論に落ち着く。


（やはり、目を潰《つぶ》すのが一番てっとり早いのかもしれないな）


異能の目――その価値さえ失えば、藤咲《ふじさき》の家は簡単に朔《さく》たちのことを手放すだろう。

目を潰すことは、当然のように朔の選択肢の中に入っていた。

藤花の傍《そば》にいて、彼女を守るためにも選ぶことにためらいはない。だが、藤花をもう二度と、見られなくなることだけは問題だった。この花が咲くような笑顔を、映せないのは耐えがたい。

不意に、朔は手を止めた。目の前の藤花を、じっと見つめる。

「どうしたの、朔君？」

大きな瞳《ひとみ》で、藤花はまばたきをくりかえした。

心からの想いをこめて、朔は呟《つぶや》く。

「……好きだ、藤花」

「どうぇえええええ、朔君が壊れた」

「壊れてないだろうが。俺、告白以来、ことあるごとに言ってるぞ」

「うっ、うっ……そうだけど。僕はどうしたらいいのかなー、困るよー」

「お前はそのままでかわいいから、そのままでいい」

「どうぇえええええ」

奇声を発し、藤花は枕の下に潜った。そのまま、彼女はプルプルと震えはじめる。謎《なぞ》な反応だ。

不思議な生き物のごとく丸まった背中を、朔はぽんぽんと叩《たた》いてやった。ふるると、藤花山は揺れる。その隣に、朔は足を組んで座った。

さてと、彼は考える。

幸いなことに、逃走資金はまだ潤沢にあった。いままで藤花の生活費として振りこまれていたぶんを、すべて貯金に回していた結果だ。だが、ホテル住まいを続けていては、それもすぐに底を突くだろう。だが、藤花をネット喫茶などに泊まらせる気にはなれなかった。

安定した逃走場所が必要だ。

それも藤咲に見つからない場所が。

どうしたらいいのか、朔は悩む。だが、うまく答えを出せない。

どちらにしろ、今日はもう遅いのだ。疲れてもいる。

（悩むのは明日でもいいだろう）

そう、朔《さく》は立ちあがった。ハッと、藤花《とうか》は枕の下から顔をあげる。彼女に向けて朔は言った。

「じゃあ、藤花、俺は風呂に入ってくるから……」

「……お風呂」

「空いたらお前を呼ぶから、少し待ってて」

「朔君、つまりだよ、僕たちはだね」

「うん？」

何かと、朔は首を横にかしげた。一方、藤花は両手を固めている。その頬《ほお》は真っ赤だ。目をぐるぐるとさせながら、藤花は叫んだ。

「えっちなことをするのかな!?」

「うん？」

朔は首をかしげた。

かきんと、藤花は固まる。一瞬後、彼女はボンっと爆発した。少なくとも、朔にはそう見えた。早口かつ腕を振り回しながら、藤花はその思考にいたった説明をはじめる。

「だってここはホテルで。僕と朔君は改めて恋人同士になった立場で。ベッドはダブルだよ！」

「あー、ツインが空いてなかったからな」

「これはえっちなことをする流れじゃないのかい!?」

「ここ、そういう用のホテルじゃないし」

「そ、そうなのかい？」

「それに」

朔は息を吸いこんだ。きりっと、彼はまじめな顔をする。

藤花と目をあわせながら、朔は尋ねた。

「藤花は、俺とえっちなことがしたいのか？」

「……………ちょ、ちょっとだけ」

朔は死んだ。

これで理性を保つ自分はすごいなと、朔の生きている部分――――つまり、日頃から藤花の保護者としてふるまっている側面は考えた。鋼の意志で、彼は片手を挙げる。

ひゃっとなっている藤花の頭を、朔はぽんぽんと撫《な》でてやった。

それから、極力冷静さを保っている声で告げた。

「はいはい、そのうちな」

「うーっ」

「それにさ、藤花」

「うんー？」

朔は藤花に顔をよせた。なめらかな感触の黒髪を、彼は彼女の片耳にさらりとかける。

そして、朔は小声でささやきかけた。

「まずはキスからな」

今度は、藤花《とうか》が死んだ。

ひぃひぃと、彼女は謎《なぞ》の奇声を発する。プルプルと震えながら枕の下に潜りこみ、藤花はアルマジロと化した。そのまま、彼女は動かなくなる。

藤花を置いて、朔《さく》は浴室へと向かった。

＊＊＊

それから後、藤花は朔と交代で風呂に入った。

藤花はほかほかになる。はだけやすいホテルのバスローブは避けて、彼女は黒猫柄のパジャマを着た。以前、朔が購入して与えたものだ。ずいぶん長い間、藤花はそれを愛用している。

一方、朔は櫛《くし》とドライヤーとタオルを手に、彼女に近づいた。

藤花をほぼ抱きかかえるような形で、朔は後ろに座る。

「ほら、藤花、動くなよー」

「うん」

「ごーっ」

「ごごーっ」

朔は藤花の美しい髪を梳《す》いてやり、タオルで水滴を吸いこみ、ドライヤーで乾かしてやった。

しっかりとパジャマを着て、二人は並んで布団に入る。

やはり、朔は自分の理性が心配だった。だが、横になると保護者心の方が無事に先に立った。

藤花の髪に鼻先を埋めながら、彼は問いかける。

「大丈夫か、藤花、眠れそうか?」

「わかんない……疲れてるけど、緊張してるから」

「そうか」

しばらく、沈黙が落ちた。

ぎゅっと、藤花は朔の腕をつかむ。心配そうに、彼女はつぶやいた。

「これから、僕たちどうなるのかな?」

「わからない。けど、おまえは必ず俺が守るよ」

「……………んっ」

小さく、藤花は身じろぎをした。安心したように、彼女は体から力を抜く。

囁《ささや》くように、祈るように、藤花はつぶやいた。

「朔君といっしょなら、明日、死んだっていいや」

そして、藤花はへらっと笑った。

闇《やみ》の中でも、そうとわかる。

　ぐっと、朔《さく》は唇を嚙《か》みしめた。藤花《とうか》はまだ自身の生への執着が薄い。そんな彼女のことが、朔は心から心配で愛《いと》しかった。なにがなんでも守りたいという衝動はやがてひとつの形をとる。

　おもむろに、彼は口を開いた。

「……なあ、藤花」

「なあに、朔君？」

「お腹を触るのって、えっちかな？」

「えっちだよ！　急にどうしたの！」

「いや、ちょっとぐっときて……」

　正直に、朔は告げた。彼とて男である。腹で我慢したのは、褒《ほ》めて欲しいところだった。

　だが、両手で顔をおおって、藤花は声をあげた。

「わー、僕の朔君が！　僕の朔君がえっちになっちゃった、わーっ！」

「わーって、口で言わない」

「そう言いながら、お腹を撫《な》でない！　わっ、ちょっ、うわっ」

　そうして、二人が大騒ぎをしているときだった。

　突然、こんこんこんと澄んだ音が室内に響いた。

　こんこんこん

なんの音？

お化けの音！

そんな遊び歌が、朔の頭には蘇った。彼は顔を跳ねあげる。

誰かが、扉を叩《たた》いていた。

（ホテルの廊下にも、監視カメラは設置されているはずだ）

それでも現れた相手の見た目は、とびきりの不審者というわけではないのだろう。朔達の部屋番号を知っていることからしても、知人をよそおって、フロントを通過された可能性が高い。

だが、それが藤咲《ふじさき》の追手だとすれば、朔たちにとってはたまったものではなかった。

すぐに、朔はベッドから降りた。ドアスコープから、彼は外を覗《のぞ》く。

「……誰だ？」

朔は首をかしげた。

そこには、美しい少女が立っていた。

相手はねずみ色のコートを着て、灰とも茶ともつかない薄い色の髪を背中に流している。

白い肌に、紅い唇が鮮やかに映えていた。だが、不思議と、『藤咲の女』には見えない。藤咲の女が不吉で優雅な美を誇るのならば、こちらは水晶のように透明な美しさをはなっていた。

どこか、人形を思わせる。

そっと、朔《さく》は扉を開いた。

瞬間、ドアチェーンの向こう側で、少女は優雅な礼を披露した。

朔はなにかを言おうとする。だが、その前に、彼女は名乗った。

「永瀬未知留《ながせみちる》……『十二の占女を揃《そろ》える永瀬』の占女がひとりです」

「永瀬の」

朔は息を呑《の》んだ。藤咲《ふじさき》以外にも、異能を誇る家はいくつかある。

たとえば、東の駒井《こまい》、西の先ヶ崎《さきがさき》、神がかりの山査子《さんざし》。預言の安蘇日戸《あそひと》。

そして、十二の占女をそろえる永瀬だ。

そのうちのひとりが現れるなど、尋常なことではない。

驚く朔の前で、未知留と名乗った少女は続けた。

「藤咲の名高き『かみさま』にこそおよびませんが、十二の占女の中にはひとりだけ本物がございます。その本物が、朔様と藤花《とうか》様に関する、みっつの光景を視《み》ました。ひとつが、ホテルでのこのひと幕。部屋番号がわかったのも、そのおかげでございます。そして、あとのふたつのために、我々はお二人を永瀬に迎えたく思います」

お断りになれば、そのときはお二人を藤咲にひき渡します。

さえずるように、未知留《みちる》は言いはなつ。

無言のまま朔《さく》はドアチェーンを開いた。

＊＊＊

永瀬《ながせ》未知留という娘は囁《ささや》いた。

白湯《さゆ》の入ったカップに細い指をそえて、
彼女は藤花《とうか》とそう変わらない歳に見える。

つまりは、十五程度だ。

その人物が、朔たちのところにひとりで来ているのは異様なことと言えた。だが、彼女の落ち着きぶりときたら尋常ではない。朔たちの部屋に入ると、永瀬未知留はまず書き物机の前に座った。そして、対応に困った朔の出したカップを受けとり、淡々と話をつむぎ続けている。

白湯を飲み干すことなく、ただ指を温めるもののように扱いつつ、彼女は囁いた。

「つまり、試練です。しかし、本当はそんなものをわざわざ与えなくとも、いずれ、我々の道は交わったのでしょうがね。永瀬の『本物』の占は外れない。こうして、私が声をかけなくとも、あなた達はなんらかの形で、我々の依頼に絡んできたことでしょう」

「依頼に絡む……ようは、本物の占女のかたは、永瀬の受けた依頼に、俺たちが関係する様子を視《み》たのですか?」

「ええ、このホテルでの出会いもそうですが……そちらの藤花さんが黒いワンピースに身を包んで、依頼を解くところを」

　未知留はささやく。

　朔は眉根《まゆね》を寄せた。

　藤花が黒いワンピースに身を包んでいるというのならば、それは恐らく事態の解決の瞬間をかいま見たものだろう。だが、自分たちがなにに首を突っこみ、なにを解くというのか。

　そんなことすらも、今の朔たちにはわからなかった。

　二人のとまどいをよそに、未知留は話を続ける。

「『本物』の視た映像に音はありません。ただ、黒に身を包んだ藤花さんが我々の依頼主に指を向け、なにかを解決しているところ――――そういうふうに光景は読みとれました。ですが、その後の展開を我々は知りません。あなたがたがどのような未来を迎えるかに、私たちは興味がございます。また、その結果次第では、あなたたちを永瀬に招く必要がある……と、こういうわけです。ご理解いただけましたか?」

「理解はできましたが、同時にさっぱりです。なぜ、その先の結果次第で、俺たちを招く必要があるというのか」

「すべては占の導くままに」

深く、未知留《みちる》は頭をさげた。

意味の計りがたいひと言だ。

同時に、ああ、これだと朔《さく》は思った。異能を扱う人間は、その能力を妄信し、振り回されている。『かみさま』を背負ったあの少女以外、他の人間の異能など児戯にも等しいというのに、だ。だが、朔の考えなど知らぬとでも言うかのように、未知留は続けた。

「本日はゆっくりおやすみください。そして明日、永瀬《ながせ》の受けたある事件にご同行を願います」

「永瀬の受けたある事件？」

「『泳がない金魚』」

ぽつりと、未知留はそのひと言を吐いた。

今までの言葉と、そこには断絶があった。

ふわりと、異様な単語が宙に浮く。

朔は考えた。

金魚は、泳ぐものだ。

魚は泳ぐものではないのか。

逆を言えば、泳がないのならばそれは魚ではない。

彼の困惑を読みとったかのように、未知留は囁《ささや》いた。

「来ていただければおわかりになることでしょう。先ほども申しあげましたが、本日はこのままおやすみになってかまいません。代わりに、明日は私へ同行を」

「嫌だと言ったら」

「藤咲《ふじさき》へお戻りになるのですね。早いことです」

いとも涼しげに、未知留は言いはなった。

朔は唇を噛《か》む。ぎゅっと、藤花《とうか》は彼の腕に抱きついた。藤咲へ戻されれば、二人は離れ離れになる。その怯《おび》えを感じとり、朔は彼女の肩を強く抱いた。重々しく、彼は頷《うなず》く。

「わかりました。永瀬の事件に、俺達は同行します」

そう、朔は決めた。藤花も異論は唱えない。未知留はうなずいた。だが、彼女は立ちあがらない。やっと、未知留は白湯《さゆ》をひと口呑《の》んだ。

数秒待ってから、朔は彼女に尋ねた。

「あの、寝たいんですが」

「ですから、おやすみになってくださってけっこうですよ？」

「できれば、出て行ってもらいたいんですけど」

「おかまいなく」

「いやいや」

「いえいえ」

こうして、未知留はホテルの中に居座った。

もちろん、朔《さく》たちはまったく眠れなかった。

＊＊＊

翌日、朔たちが案内されたのは、別の高級ホテルの上層階にあるラウンジだった。

透き通った窓の向こう側には広く街並みが見渡せる。待ち合わせや打ち合わせのために設けられた空間は、がらんとしていた。人気《ひとけ》の少ない場で、朔たちは席に着いて紅茶を飲んでいる。

今日は未知留《みちる》の指定で、藤花《とうか》は黒のクラシカルなワンピースを着ていた。だが、その優雅な姿とは真逆に、彼女は小さく震えている。さきほどから、藤花はココアをこぼしては拭《ふ》くことをくりかえしていた。このままでは、高価な生地を飲みものでだいなしにしてしまいかねない。

見かねて、もう何度目かになるが、朔は藤花に改めて声をかけた。

「ほら、藤花。落ち着けって。俺のぶんのケーキもやるから」

「食べたいけどいらないよ。僕は緊張しっぱなしだよ」

「食べたいのなら、怯《おび》えないで食べてもいいんだぞ」

「ううう っ、そうしたいけれど難しいとも」

そんな会話をしていると、待ち合わせの相手が来た。上質なスーツをまとった中年男性が、足早に席に着く。未知留と知りあいなのか、彼は彼女にうなずいてみせた。

それから、男性は朔たちのほうを向いた。

「未知留さん……このかたたちが？」

「ええ、占で現れました、あなたの依頼を解くもの、です」

流れるように未知留は応える。だが、やはり朔たちはその依頼内容すら知らされてはいないのだ。怪訝《けげん》な表情を見て、未知留は男性にてのひらを向けた。

どうやら、なにかをうながしたらしい。男性はスマホを取りだした。彼は有名な写真共有サービスを画面上に表示する。そこは閲覧者がいいね！　やコメントもできる仕様になっていた。

中でも、多数のいいね！　を集める写真に、朔の目は惹《ひ》きつけられた。

一匹の金魚がいる。

だが、それは魚ではない。

人間だった。

紅い着物をまとった美しい少女が、袖口《そでぐち》をはためかせている。着物は伝統的な造りを守った品ではない。改造された袖口の布が、まさに金魚のヒレのように柔らかくたなびいていた。

少女は愛らしく、だが無表情に己の美を誇っている。

コメントには、彼女への称賛の言葉があふれていた。

朔は、『天使の自殺』と似た印象を受けた。

これはあれとは違う。

だが、近いものだ。

そう、朔《さく》は考える。この一枚からににじむ、奇妙な『不健全さ』とでもいうべき点に、彼は目を奪われた。おそらく、藤花《とうか》も同じ印象を受けたのだろう。食い入るように、彼女も写真をながめ続ける。何枚かのカットを表示したあと、男性は画面を閉じた。

恥じらうようにはにかみながら、彼は囁《ささや》く。

「これは、私の娘の写真でしてね。大変に評判を呼んでいます」

「これだけ美しければ、そうでしょうね」

藤花の褒《ほ》め言葉に、男性は素直に破顔した。喜ぶと顔がくしゃりと崩れるところに、親しみを感じさせる。だが、彼はすぐに表情を切り替えた。再び、男性は画面を表示する。

「ですが、最近、不穏な書きこみがされるようになったのです」

彼はあるコメントを指し示した。朔は眉根《まゆね》を寄せる。

そこには、詩的な言葉が連なっていた。

『母さん、母さん、どこへ行た。

紅い金魚と遊びませう。』

「北原白秋の詩だね」

すぐさま、藤花が答えを言い当てる。男性はうなずいた。彼は次の写真を表示する。

数枚に渡って、詩の一部分がコメントに書かれていた。全文を繋《つな》げると完成形が現れる。

『母さん、帰《かえ》らぬ、さびしいな。
金魚を一匹突き殺す。
まだまだ、帰らぬ、くやしいな。
金魚を二匹締め殺す。
なぜなぜ、帰らぬ、ひもじいな。
金魚を三匹捻《ね》ぢ殺す。
涙がこぼれる、日は暮れる。
紅い金魚も死ぬ死ぬ。
母さん怖いよ、眼が光る。
ピカピカ、金魚の眼が光る。』

「これだけ……なのですがね。娘が『泳がない金魚』なだけに、なんとも不気味でして」

「『泳がない金魚』？」

「ああ、娘の一連の写真を、私はそう呼んでいるのですよ。今度、写真集も出ることになっています。企業から声がかかりまして」

男性は嬉《うれ》しそうに語った。だが、すぐに表情を曇らせる。不吉なコメントを、彼はなぞった。

「不気味といえども、たかだか詩が貼られた程度で、開示請求ともいきません。それで、なにかがあってからでは遅いと、永瀬《ながせ》に相談を」

「そうして、占女が見たものが、事件を解決する藤咲藤花《ふじさきとうか》さんの姿だったのです」

未知留《みちる》は涼しげに語る。

なるほどと朔《さく》はうなずいた。やっと、事件の全貌《ぜんぼう》が見てとれた。だが、今回は死者はでていない。霊能探偵の出番など、ないように思えた。正確には、やれることなどなにもなさそうだ。

しかし、藤花は顔をしかめている。手を伸ばして、彼女は男性のスマホを指し示した。

「『泳がない金魚』を投稿している、あなたのアカウントだけれども……他の写真も見てもかまわないですか？　僕の端末から見た方がいいかな？」

「いいえ、どちらでもお好きにどうぞ」

男性はスマホを差しだした。

慣れた手つきで、藤花は投稿写真をさかのぼっていく。しばらくして、彼女は手を止めた。

画面には少女と似た紅い着物姿の、美しい女性が表示されている。

「この人は？　最近の投稿では、めっきり姿を見せなくなりますが」

「ああ、私の妻です。先代の『金魚』ですね」

そう、男性は軽く語った。

『先代の金魚』。

その言葉に、朔は魚の骨が喉《のど》にひっかかったような不快感を覚えた。彼は目を細める。

なにせ、人は、人だ。

金魚ではない。

朔がそう思うのと同時に、藤花が口を開いた。

「あなたは金魚がお好きなんですか？」

「好きなのではありません。妄信しているのです」

うん？　と朔は首をかしげた。さらりと男性は異様な思想を語ったように思える。だが、彼の表情はあくまでも真剣だ。そこに精神の乱れは一筋も見られない。淡々と、男性は語り続ける。

「もっとも、私は金魚の繁殖家などではなく、知識も素人同然です。実際の魚にも、正直に言ってしまえばまるで興味はありません。ただ、造形美としての金魚を人で再現すること。私の求める理想はそこにこそあるのです」

彼の語りは、徐々に熱を帯びていく。その瞳孔《どうこう》は開き、鼻の穴は膨れた。

異様な早口で、男性は舌を回す。

「私が思うに、観念的な美として金魚は『女』なのです。優美な曲線は女体を、紅の美しさは、女性とは切っても切れない流血——経血や処女膜の喪失における破瓜《はか》の血を表します。柔らかなヒレは女性の髪を、あるいは服のなびきを再現しているのです」

男性は掌《てのひら》を組む。軽く唇を舐《な》め、彼は極論を締めた。

「はて、女が金魚なのか、金魚が女なのか……どちらが正解かは私にはわかりません。ただ、金魚は『女』である。この考えかた自体は、まったく正当なものと言えるでしょう……おわかりいただけますか?」

わからなかった。

男性の言うことは朔《さく》にはみじんも理解ができなかった。彼は全身に汗が伝うのを覚えた。だが、男性は平然としている。朔にもわかる点はあった。男性は自分の正当性を疑ってもみない。そこには揺るぎない誇りとある種の理念が共存していた。

心の中で、朔は男との距離を開く。

一方で、藤花《とうか》は臆することなく尋ねた。

「それで、あなたは僕たちに何を求めると言うんですか?」

「求めるのは私ではありません。永瀬《ながせ》の占は視《み》えないときは視えない。けれども、当たるときは絶対という。ならば、あなたは私を指さして、今まで解かれずにいたことを解いてしまわれるのでしょう。それならば、我が家に来ていただかなくてはならないのです」

ここでも、だ。朔は違和感を覚えた。聞いた事実を、彼は脳内で反芻《はんすう》する。

十二の占女の中には本物がいる。

本物の占は、何も視えないときもあるが、視えた場合は必ず当たる。

だから、視えた光景から逃れられない以上、なさねばならないことが生じる。

最後が、おかしい。

結果から過程が生じるという、逆転現象が起きている。

男性も、未知留《みちる》も異能に縛られていた。

じっと、朔は疑問をこめてふたりを見つめる。だが、当然のように、男性は続けた。

「来て、くださいますよね？」

だが、行ったところで、霊能探偵にできることなど、おそらくなにもない。そう思って、朔は未知留のほうを向いた。だが、彼女は『来ないのならば』と、無音のままに唇を動かす。

逃亡者に、とれる選択肢はあまりにも少なかった。

朔は藤花を見る。藤花も朔を見た。

やがて、二人は短くうなずいた。

男性は破顔した。

くしゃくしゃになったその顔が、朔にはひどく不気味なものに見えた。

＊＊＊

朔《さく》と藤花《とうか》は男性の家に招かれた。

ひとめでそうとわかるものの、名前は知らない高級車で四人は山奥へと向かう。山自体が私有地なのか、人の手がおおきく入っている様子はなかった。

道路脇で群生する草に視線をそそぎ、藤花は目を細める。

やがて高い門をくぐり、男性の車は止まった。屋敷まではまだ十五メートルほどの距離がある。その豪華さに、以前訪れた星川《ほしかわ》の家を朔たちは思い出した。

男性の招きに、まず未知留《みちる》が動いた。そそと、彼女は歩きだす。

「どうぞ、こちらへ」

朔たちは後に続いた。

屋敷に入ると玄関ホールと大階段が目についた。やはり、ここも家族だけでは管理や維持が難しそうな建物だ。だが、使用人の姿はない。恥ずかしそうに、男性は笑った。

「異能の才のある方を招くということで、使用人たちには暇をだしてあります。あとで、あのお嬢さんたちはどこの誰だったのかと、勘ぐられてもめんどうですから」

男性の言葉に、朔はそういうことかとうなずいた。

ふたりは客間に案内される。立派な革張りのソファの背後には、金魚の描かれた絵画や、中国製の鳥籠《とりかご》を模した水槽などが飾られていた。中には金魚が浮いている。だが、それは本物ではなく、精緻なガラス細工だった。本当に、実物にはみじんも興味がないらしい。

やがて、客間の扉が開かれた。

クリーム色の丸えりのセーターにジーンズ姿のやせた女性が、紅茶を運んでくる。

よく見れば、写真では華やかに笑っていた男性の妻だった。彼女はやつれはてている。かつて、紅い着物を誇らしげに着ていたころの美しさは、見る影もなく失われていた。

どことなく乱暴に、女性は紅茶を机の上に置いた。

大ぶりの花柄が入れられたカップは美しい。

ひとまず、朔がそれを手にとろうとしたときだった。

「聞きたいことがあるんです」

藤花が口を開いた。その声は凛《りん》として冷たい。黒のクラシカルなワンピース姿に、彼女の口調はよく似合っていた。華美な衣装を着た藤花は、金魚とはまた違う、少女性の象徴に見える。

『少女たるもの』の姿で、藤花は穏やかに爆弾を落とした。

「何故、君は僕たちを殺そうとするんだい？」

男性は、カップをとり落とした。

そっと、妻の女性は唇を歪《ゆが》める。

彼女は嗤《わら》ったように、朔《さく》には思えた。

＊＊＊

一個一個の値段を考えるのも怖いカップが割れる。毛足の短い絨毯《じゅうたん》にぶつかって、それは大きめの破片と化した。だが、男性に小さな惨事に構う様子はない。

狼狽《ろうばい》した口調で、彼は藤花《とうか》に尋ねた。

「な、なにをおっしゃいます、藤花さん……殺そうなんて、そんなことは」

「じゃあ、僕たちの紅茶を飲んでもらえるかな？　多分、しこんでいるのは睡眠薬のたぐいだから、死ぬことにはならないとは思うけれどもね」

流れるように、藤花は言った。男性は動かない。身の潔白を証明するためにカップを手にとろうとは、彼は決してしなかった。その様を静かに見つめながら、藤花は語る。

「道中に、僕はトリカブトの群生を見つけた。だから、アコニチンを使われないかと冷や冷やしていたのだけれどもね。アコニチンは水に対して難溶性だ。バレないように投入するのならば、まずは油のような別の溶媒に溶かす必要がある。コーヒーフレッシュなんかはうってつけだね。だから、ミルクティーかカフェオレがきたらどうしようと警戒をしていたのだけれども」

「そんなものは……使いませんよ。私は精製方法も知りませんし」

「ああ、だからと言って、殺意がないことの証明にはならないよ。実際、君は紅茶を飲もうとはしない。それが答えだろう?」

「藤花、どういうことなんだ?」

朔は尋ねた。藤花の推理は、おそらく当たっているのだろう。だが、そこにいたるまでの過程が、彼にはまるで意味不明だ。朔の言葉に、藤花は応える。

「あのね、朔君。『僕が依頼人を指さし、どうやら事態を解決している姿が視《み》られた』。だから、『家に招かなくてはならない』。この段階で、まずおかしいんだよ」

ぴっと、藤花は指を立てる。そして、彼女は明白な事実をつむいだ。

「書きこみをしているのは、依頼人から見て、匿名《とくめい》の誰かのはずだ。もしも知りあいの誰かに心当たりがあったところで、今までの情報だけでは、ネットの専門家でもない僕に解くことはまず不可能。今回の件では、僕たちが『依頼人を指さして、事態を解決』する方法自体が存在しない。それなのに、この男性はそこに違和感を覚えなかった」

あっと、朔は声をあげた。それは、彼がくりかえし考えたことでもある。

今回の事件で、霊能探偵にやれることは特にない。

同じく、依頼人の男性から見ても、このたびの事態では、藤花の解決する図は成立しがたいもののはずだった。だが、彼はそこに違和感を覚えることはなかった。

それどころか、藤花《とうか》を積極的に家へ招こうとした。

「つまり、彼にとって、その光景は『成立する可能性のあることだ』と自然と考えることができるものだった——それは、彼自身が『なにか別に、解決されるべき事柄を抱えていた』からに他ならない」

いったい、それはなにか。

「『僕が依頼人を指さし、どうやら事態を解決している姿』……これはなんらかの罪を糾弾している姿に見えなくもない。永瀬《ながせ》のだした思わぬ結果を聞き、彼はね、恐れたんだよ。自分の罪を僕が言い当てるのではないかと怯《おび》えた。だからこそ、永瀬の提案に乗り、僕たちと話をしたうえで『占の光景が外で成立する前に、家に招いて殺そうとしたのさ』」

じっと、藤花は男性を見つめる。彼は何も言わない。ただ、ぶるぶると震える頰《ほお》が、彼女の糾弾が真実であるむねを告げていた。さらに、藤花は言葉をかさねていく。

「では、僕が推測できそうな罪とはなにか。そもそも、この人の詩への恐れかたからしておかしかった。娘さんへの殺害予告ではないかと本気で案じたのならば、相談するべきは、永瀬などではなく警察だ。詩という曖昧《あいまい》なものでは動いてはもらえなくても、巡回をお願いすることは可能だろうし、相談実績を作っておくことは重要だからね。それなのに、君は永瀬だけを頼った。いざというときに、口をつぐんでくれる永瀬を、ね。理由は、『娘への殺害予告』としてあの詩をとらえていたのではなく、実は己への罪の糾弾として受けとめていたからだ」

「……己への罪の糾弾？」

「彼は、金魚を女ととらえていた。ならば、あの詩の金魚は、すべて『女』と読み替えができる。つまり、あの詩は三匹の金魚――三人の女を過去に殺した者への、脅迫文だったんだよ」

朔《さく》は目を見開く。彼は貼りつけられていた詩の内容を反芻《はんすう》した。


金魚を一匹突き殺す。

金魚を二匹締め殺す。

金魚を三匹捻《ね》ぢ殺す。


金魚＝女との認識を持っているものにとっては、アレは殺人の示唆として成立する。

男性の額には汗が浮かんでいた。あからさまに、彼は追いつめられている。

その様を見つめながら、藤花はごくごく冷静に言葉をつむいだ。

ただ淡々と、少女性の化身は男の罪を炙《あぶ》りだしていく。

「脅迫を受け、君は永瀬に相談をした。そうして、出てきたのが、糾弾する僕の姿だ。だから、君は使用人を全員帰らせ、僕たちを家に招いた。僕たちは藤咲《ふじさき》の逃亡者だ。ふたりは『事故』で死亡したと言い、死体を示せば、藤咲は咎めもせず、失踪届を取り消すだろう。または、広大な山を敷地に持つんだ。それぞれの体を二十程度にわけて、分散させてバラまいたっていい。始末する方法はいくらでもあるだろうさ」

「だ、だから、私は」

「違うと言うのならば、紅茶を飲んでくれたまえ」

藤花《とうか》は言う。男は決して紅茶を飲まない。彼は震えるばかりだ。

気がつけば、藤花は無意識的に男性を指さしていた。

朔《さく》はぞっとした。占で視《み》られた光景が成立している。

彼は未知留《みちる》のほうに視線を向けた。うっすらと、彼女はほほ笑んでいる。

この展開を予想していたのかと、朔は思った。少なくとも、男性の依頼には後ろ暗い面があることを、永瀬《ながせ》は気づいていたのだろう。そのうえで藤花たちの招く結果に興味を抱いたのだ。

だが、と藤花を守る位置に移動しながら、朔は口を開く。

「で、藤花、これから俺たちはどうすればいいんだ?」

「うん、それが問題なんだよね」

あっさりと、藤花はうなずいた。むずかしい顔で、彼女は両腕を組む。

「永瀬に同行しなければ、僕たちのことを藤咲《ふじさき》に告げ口されると決まっていた。だから、ここには来なければいけなかったんだ。それで、僕は『少女たるもの』として、わかっている罪を暴き、殺されることを断った。でも、これからどうしたらいいんだろうね。本当は、この人がこれで自首してくれる展開が一番いいんだけれども……」

「……どうせ口を塞《ふさ》ぐのならば、眠らせていようが、起きていようが同じことか」

「そういうことには、ならないよね」

あきらめたように、藤花は言う。

男性は立ちあがった。

それに応えるように、藤花も腰をあげる。パンッと、彼女は片腕にかけていた洋傘《ようがさ》を開いた。

藤花の後ろに、黒い花が咲く。彼女は朔の目を覗《のぞ》きこんだ。朔はその目を鏡のように映す。

両腕を広げ、藤花は声を張った。

「――――おいで」

瞬間、ここは現実ではない場所と繋《つな》がった。

白い肉塊が、殺された者たちの霊が現れる。

藤花の異能は、無念を抱いた被害者の魂を実体化することができた。彼らは加害者への怨《うら》みを晴らそうとする。現れると、白い肉たちはぶよぶよと伸び、苦悶《くもん》するかのようにのたうった。

朔は目を見開く。

現界した霊はふたつだ。

三人は殺されたと聞いていたのにと、彼は違和感を覚える。

そのうえ、それぞれの霊の大きさはひと抱えほどもなかった。

つまり、赤子だ。

「なっ、な、な、な」

赤子たちは男性にぶつかった。だぁだぁと泣き声があがる。

混乱しながらも、男性は走りだした。すばやく、彼は部屋を出て行く。逃走の判断が早い。

また、赤子の霊は力が弱かった。どれほど足止めを果たしてくれるかはわからない。

今のうちに逃げたほうがいいだろう。

そう、朔《さく》も動きだした。藤花《とうか》を連れて、彼は部屋の入り口へと向かう。静かに、未知留《みちる》も後ろへついてきた。だが、そこで男性の妻が歩きはじめた。朔たちの前に、彼女は立ちふさがる。

女性を殴り倒す覚悟で、朔は訴えた。

「どいてください。俺たちは逃げなければいけないんです」

「彼は別の部屋に猟銃を保持しています。逃げ出したところで、玄関にたどりつくまでに撃たれるでしょう。それよりも、私について来てください」

朔は目を見開く。

藤花も首をかしげた。

その前で、女性は己の胸に手を押し当てて言った。

「私が、あなたたちを逃がしてみせますから」

＊＊＊

女性は客間に入ったのとは別の扉に近づき、鍵を開いた。どうやら、マスターキーをつねに持ち歩いているらしい。扉の向こうには、簡素な小部屋が広がっていた。中には、棚がひとつだけ置かれている。そこには、いくつもの薬品瓶が並べられていた。使い間違いのないようにか、ひとつひとつにラベルが貼られている。

前に出て、藤花はそれらを眺めた。

不躾《ぶしつけ》な行為をとがめるように、女性は言う。

「そんなものに構っているひまはありませんよ。この部屋からは直接地下室へ降りられます。それから山に繋《つな》がっている出口へ抜けられる。急いでください」

「ずいぶんと、変わった間取りですね？」

「客室に招いた人間を眠らせ、そのまま地下で解体。裏山で捨てることができるようにするための構造です……もっとも、これは念のためにもうけたもので、使うのはあなたたちがはじめてになる予定でしたが」

そう、女性は異様な事実を苦く語った。

朔《さく》は短くうなずく。

藤花《とうか》の予想では、男性は三人の女性を殺しているはずだった。だが、出た幽霊はふたつ。しかも、赤子だった。ならば、今までに、あの男性には大人を殺害した経験はないことになる。

しかし、あの赤子たちはなんなのか。

なぜ、ふたつしか現れなかったのか。

彼が疑問を覚えていることを察したのだろう。疲れた様子で、女性は応えた。

「藤咲《ふじさき》の能力についても聞いてはいました。ですが、あの赤子には驚きましたよ。あれが、彼の殺した三人の女性のうちの……二人です。彼が直接手にかけたのは二人ですから、二人だけが出たのでしょうね。今まで、彼の殺しの事実が決して明るみにならず、『泳がない金魚』を高らかにかかげることができていた理由は、あの子たちが『存在しない存在』だったからにほかなりません」

「赤子……『存在しない存在』……つまり、あなたたちは誰にも知られることのないようにしながら、間引きを行ってきた。そういうわけですか？」

藤花が囁《ささや》く。

間引きと、朔はくりかえした。彼の脳裏に、美しい娘の姿が浮かぶ。ああ、と朔は思った。確かに、あの金魚を体現したような至高の美に到達するまでには相当な選別が必要だろう。

それがどんなに、狂気的な試作だとしても、だ。

「金魚は、より優秀な固体を残すために間引きを必要とする魚だよ。彼は本物の金魚には興味がないと言ったが、そのくせ、人を金魚のように扱っていたようだね」

「最初の子は、ほぼ死産の状態で産まれました。彼は救急車は呼ばず、死ぬのを見守っただけ。罪は罪でしょうが……それだけです。しかし、不出来な一人目が『上手く死んでくれたこと』で、彼は壊れてしまった。それから先の子は、顔に黒子があるから……背中に痣《あざ》があるから……わざわざ有名な金魚の詩になぞらえて、絞め殺し、捻《ね》じ殺しました」

「妊娠自体を隠し、邸内で出産。気に入らない子は殺し、気に入った子が生まれたときのみ、妊娠自体に気づけなかった不意の出産だったものとして――妊娠届けを飛ばして、出生届けをだしたのか……殺した子については山に埋めるか、砕いてトイレに流すかしてしまえば発覚の可能性はほぼない。だが、これにはある人の全面的な協力が必要となる……あなただよ、奥方」

「ええ、私はあの人の選別に力を貸していました……それは否定しません」

「でも、あなたはそれが嫌になったのかな？」

藤花は問いかけた。部屋から伸びるコンクリート製の階段に、女性は足をかけていた。だが、彼女は立ち止まる。かすかに曲がった背中を、女性は軽く震わせた。だが、歩みを再開させる。

その後を追いながら、朔は考えた。

嫌になった。

その意味を、朔《さく》は反芻《はんすう》する。

こうして朔たちに手を貸してくれている以上、女性があの男性の凶行を憎むようになったのは確かなことなのだろう。だが、藤花《とうか》の言葉にはそれ以上の深みがあるように、朔には思えた。

澄んだ目をして、藤花は続ける。

「僕たちを殺そうとした場に共犯として同行させていた以上、彼は君をまったく疑っていなかった。だから、僕は彼が『犯人は匿名《とくめい》の誰かと考えている』と言ったんだ。おそらく、彼は妻の妊娠と度重なる間引きに気づきはじめた使用人の誰かが、書きこみをしたものと考えていたんだろう。だが、あの脅迫はどこかおかしかった。なにせ、単に『詩を貼りつけただけ』だ」

藤花の指摘に、朔もうなずく。

あの詩は、脅迫文としては『弱い』。

いったい、なにを目的としたものだったのだろうか。

「殺人を示唆しているにしても、犯人がなにを求めているのかがぜんぜんわからない。ここから、僕は思ったんだ。詩を貼りつけた目的は、本当は脅迫などではなく、後ろめたさのある夫が『警察ではなく、永瀬《ながせ》へ相談すること』を期待したものだったのではないかと」

「永瀬へ？」

意味がわからず、朔は目を細める。男性が永瀬へ相談するから、どうだというのだ。

だが、女性は否定しない。彼女は階段を降りていく。藤花の推測がまちがっているわけではないようだ。女性の後に続きながら、藤花は声を響かせた。

「永瀬の占には特徴がある。それは『視《み》えないときには何も視えない』というものだ。つまり、永瀬に頼ることは一種の賭けと言える。君は賭けたんだ。自分が『将来行おうとしていること』が、永瀬によって暴かれるか、それともそのまま終わるのかを……永瀬の視た光景は変わらないと言うが、暴かれた結果、未来が揺らぐ可能性を、あなたは信じた。そうじゃないのかい？」

「いったい、私がなにを賭けたと言うのですか？」

「恐らく殺人を行うか否かを……標的は娘さんか、旦那さんだろうね」

淡々と、藤花は言った。

朔は息を呑《の》む。突拍子もない話に、彼は言葉を失った。

だが、藤花にはその根拠があるらしい。さきほど見たものについて、彼女は言及した。

「あの小部屋の棚には、いざというときのための毒物だろうが、いくつかの薬瓶があった。中にアコニチンも並べられていたんだ。自生のトリカブトから精製したものだろうが、旦那さんはその方法を知らないという。つまり、アレはあなたの私物だ。そう、あなたは誰かを……」

「私が殺そうとしていたのは娘です」

なめらかに、女性は応えた。そこで階段はおわりだ。最下層の扉の前で、彼女は足を止める。

女性は振り向いた。その顔には、疲れきったほほ笑みが浮かんでいる。彼女はやつれていた。

かつての美しさは、見る影もない。

『先代の金魚』という言葉を、朔《さく》は思いだした。

（彼女は『先代』だ。人間ではなく…………）

そして今は、金魚ですらない。

「殺害の理由は、旦那さんの愛情の変遷と異様な娘さんへの執着かい？　彼の写真共有サービスには、かつては君の姿ばかりがあげられていた。だが、それはすべて娘さんのものにとって代えられた。単純だが、殺害の動機にはなりえる変化だろう」

「ええ……私は、彼を愛しているから、子供の選別にも力を貸した。彼が『そうしなければ生きていけない人』だとわかっていたから」

ぽつり、ぽつりと女性は語りだした。その声の奥には、愛《いと》しさの残滓《ざんし》とでも呼ぶべきものが沈んでいる。だが、怒りでよどんでもいた。

苦しみのにじむ声が、辺りに響いていく。

「でも、彼の愛情はもう私にはない。彼は私に興味すらない。私は金魚ではなくなり、けれども、己の子を殺した以上、人にもなれない。それならば、『今の金魚』の娘を殺せば、すべてがもとに戻るかもしれない……少なくとも、新たな子を『産む体』は必要とされるようになる。そうじゃないですか？　私がそう考えたって、なにもおかしくはないでしょう？」

すがるように、彼女は問いかけた。だが、女性はある事実からかたくなに目を逸らしている。

それもまた、異常な心理だ。

藤花《とうか》は首を横に振った。とても悲しそうに、彼女は告げる。

「あなたはそれが間違っていることを自分でわかっているはずだ。だから、永瀬《ながせ》の占に未来の光景が映り、止められる可能性に賭けたんです。自身の子をさらに手にかけたところで、あなたが報われる日は永遠にこない。わかっているはずですよ」

藤花は言う。

残酷で悲しく、だが、確かな事実を、彼女はつむいだ。

「あなたは人だ。最初から人だった。金魚には戻れない。戻らなくていい」

すうっと、藤花は息を吸いこむ。最後の言葉を、彼女は告げるかどうかをためらった。

だが、藤花は口を開く。

「そして、あなたはもう母でもあるんだ」

女性は唇をひき結んだ。そこから悲鳴にも似た激情が溢《あふ》れだそうとする。だが、彼女はそれをせき止めた。静かに穏やかに女性は何かを呑《の》みこむ。そして彼女は嚙《か》みしめるように続けた。

「あなたたちを逃がし終わったら、警察に自首をします。それで、私もあの人もおしまいです」

「そうすれば、あなたは救われるのかな?」

「わかりません……けれども、少なくとも、私に殺されようとしていた娘は救われるでしょう」

自分自身に言い聞かせるように、彼女は語った。女性の顔に、初めて母としての表情が覗《のぞ》く。

やわらかく、彼女は希望をこめて続けた。

「あの子は、父親によって、家では言葉を喋《しゃべ》るのを制限され、極端な食事療法を行われ、虐待じみた育てられかたもされてきました。私たちがいなくなれば、あの子はきっと助かります」

女性は藤花《とうか》を見つめた。藤花は彼女にうなずく。女性もうなずきをかえした。

彼女の顔に、ほほ笑みが浮かぶ。

やつれていても、その表情は美しかった。

不意に、遠くで吠え声が聞こえた。男性が朔《さく》たちを探しているらしい。

地下室に繋《つな》がる扉に、女性は手をかけた。緊張のにじむ声で、彼女は言う。

「急ぎましょう。早くしないと、あの人が来てしまう……」

彼女は扉を開いた。


そこに金魚がいた。


だが、違うと朔は思う。

金魚は猟銃など持たない。

『泳がない金魚』の少女は堂に入った構えで、猟銃をたずさえていた。

瞬間、朔は流れるように動いた。少女の肩では、猟銃の反動を支えきれない。その弾がどこに向くかはわからなかった。彼は抱えこむように、藤花の盾になる。

同時に、少女は無垢《むく》な口調で言った。

「バンッ」

弾が発射された。

反動で、少女は後ろに転ぶ。

同時に、女性の――――彼女の母親の胸が弾けた。

紅い、紅い色が、辺りにぶちまけられる。

くるりと回って、
人形のように、彼女は倒れた。

ぬめりのある、分厚い紅色が目の前に広がっていく。

流血は女性と関連が深い。そんなどうでもいい戯言《ざれごと》を、朔はぼうぜんと思いだした。その場に倒れこみながら、朔と藤花は悲鳴すらあげられなかった。

突然の凶行に、二人は目を奪われる。

「どうして」

ぼうぜんと、藤花はつぶやいた。

少女は立ちあがった。彼女は頭を横に振る。

答えはない。

そのときだ。

銃声を聞きつけたものか、新たな足音が走ってきた。

扉の向こうから、男性が姿を見せる。彼には、白い赤子がまとわりついていた。だが、足止めは果たせていない。猟銃が見つからなかったためか、男性は手に薪《まき》割り用の斧《おの》を持っていた。

倒れた女性の死体を見て、彼は叫んだ。

「こ、これは……おまえたち、妻を」

「バンッ」

猟銃は自動装塡《そうてん》方式だったらしい。衝撃で外れた肩はそのままに、少女はもう一発を撃った。男性の脇腹に穴が開く。信じられないものを見るように、彼は少女を目に映した。

朔《さく》は考える。

（猟銃は、恐らく三連射が可能な仕様だ）

あと一回は、誰に向けられるのか。

「ああ、おかしい」

少女は、『今代の金魚』はケタケタと笑いだした。笑って、笑って、彼女は痛そうな腕で猟銃を運んだ。男性の口の中に、少女は猟銃の先端をねじこむ。

そうして、彼女はうっとりと言った。

「使いかたはね。パパを見て覚えたのです。ほら、パパ、よく聞いて。私、お口がきけるのよ」

がくがくと、男性は震える。その口の中から涎《よだれ》が垂れ落ち、床に染みを作った。失禁の音と尿の匂いが辺りを満たす。だが、少女は父親の無様にいっさいの哀れみを示すことはなかった。金魚のような黒目がちの瞳《ひとみ》を、彼女はただまたたかせる。

そうして、少女は歌うように言った。

「どうして？　どうして？　どうしてって聞きたいの？　そうよね、さっき、お客様たちも聞いていたわ。教えてさしあげます。殺す理由はたくさんあるわ。殺さない理由なんてひとつもなかったわ。そして、今日、お客さまがいらっしゃって、お父さまは殺そうとしていたわ。誰かを殺そうとした人は、殺されてもいいのではないかしら」

「君のお母さんは、俺たちを助けようとしてくれていたよ」

思わず、朔はそう声をかけた。

初めて気づいたというように、少女は朔たちのほうを向く。

撃たれるかもしれないと、朔は思った。だが、と、彼はつばを呑《の》みこむ。藤花《とうか》をさらに強くかばいながらも、朔は勇気をふりしぼって続けた。

「君のことも、助けようとしていたんだよ」

少しだけ、少女は紅い唇を歪《ゆが》めた。

そうして、彼女は人間としてはある種ありふれた酷薄さで囁《ささや》いた。

「でも、あの人は私のことをずっと殺したいと考えていたのよ？」

それで、おしまいだった。

少女は両親への情を切って捨てる。

うっとりと、少女はほほ笑んだ。

どこか夢見心地に、彼女は囁《ささや》く。

「バイバイ、パパ」

そして、少女は引き金を引いた。

男性の頭の、上半分が吹き飛んだ。

血と肉片、脳漿《のうしょう》、歯が辺りに散る。

天井に貼りついた粘液が、ぽたぽたと床へ落ちた。

残虐な光景が広がる。

その中で、少女はおもちゃに飽きたような気まぐれさで猟銃を投げ捨てた。ふらりと彼女は歩きだす。少女は山へ通じる扉を開いた。湿った風があふれる。柔らかく、彼女は目を細めた。

朔《さく》の下で、藤花《とうか》がもぞもぞと動いた。朔が止める間もなく、彼女は身を起こす。

そうして叫ぶように、藤花は問いかけた。

「こうやって、二人を殺して、君はどうやって生きていくつもりなんだい!?」

「さあ、知らないわ」

ふらり、ゆらり、少女は袖《そで》を揺らす。

振り返って、

ほほ笑んで、
ほほ笑んで、
彼女は続けた。

「だって、私は金魚なのですもの」

金魚は人を殺さない。
人を殺した時点で、それは金魚ではない。

朔はそう言いたかった。だが彼は手遅れな少女にかける言葉を持たない。
また、少女のキラキラと光る目を見て、朔は詩の最後を思いだしていた。

『母さん怖いよ、眼が光る。
ピカピカ、金魚の目が光る。』

少女の殺害行為をもって、皮肉にも詩は完成していた。
まるで、金魚が泳ぐような優雅さで、少女は山の中へと去っていく。木々の間を、彼女の足で遠くまで歩けるとは思えなかった。それでも、少女は迷いなく、危険な場所へと消えていく。

いったい、どれほどの時間が経っただろう。

やがて、ひょっこりと未知留《みちる》が姿を見せた。

朔《さく》たちとは逆の隅に、彼女は隠れていたらしい。涼やかに、未知留は言った。

「金魚のその後は、警察にお任せしましょう。あなたがたは生き残りましたね」

「ああ、おかげさまで、な」

「皮肉は嫌いではありませんよ。ええ、あなたがたは生き残った。今回も、本物の占が違えることはなかった。それならば、招かなければなりません」


いらっしゃいませ、永瀬《ながせ》へ。

私もふくめた十二の占女が、お二人をお待ちしております。


未知留はそう頭をさげた。

朔は強く床を殴りつける。

その瞬間に、彼は、
死んだ二人の名前すらも、知らないことに気がついた。

間話

彼女は劣化品だ。

誰に言われるでもなく、彼女はそのことを理解していた。

劣化品とはなにか。それは性能、品質などがより劣った品のことを指すのだ。彼女のことでなくてなんであろう。そして残酷なことに彼女の世界では本物以外に生きる価値などなかった。

彼女は知っている。身がひき裂かれそうなほどに強く痛感している。

自分に生きる価値などない。

それを完璧に把握しているのは賢明で、なによりもつらいことだった。


彼女は地獄を生きてきた。

地獄、だったのだと思う。

無価値の地獄、無意味の地獄、呼吸をするだけで責められるような地獄。


だが、彼女は幸福だった。

彼女には彼がいたからだ。

彼は、藤咲朔《ふじさきさく》は彼女の唯一の光だった。

いつまでも、それは変わらない。

絶対に、くつがえることはない。

たとえ、彼が彼女の受けてきた仕打ちを、なにひとつとして知らないとしても。朔が羊のように愚かな善人であることを、彼女は許した。愛ゆえに、彼女は彼のすべてを受け止めていた。

今、ひとり、彼女は空を見あげる。

気がつけば、

雪が、

白い雪が、

はらはらとはらはらと、はかなく降っていた。

それはまるで、
あの日の桜のように。

第二の事件　首なしの花

十二の占女の中には、本物がいる。

占によって、彼女は未来を視《み》ることができた。そのため、永瀬《ながせ》は特に富裕層に多くの顧客を抱えている。だが、おおきな問題がひとつあった。

永瀬は未来を『視ることができる』だけだ。それがどれだけ不幸で、不本意な結果であろうとも、視た光景への打開策はなにひとつとして持たない。

だからこそ、彼女は死者から言葉をひきだし、彼岸と此岸《しがん》をわたり、願望や妄想を形にして表してみせる『かみさま』よりも、格は下と扱われてきた。

また、本物の占は絶対だが、確率的にはなにも視えないことのほうが多い。

だからこそ、占女は十二人も必要とされたのだ。残りの十一人も、強弱の違いこそあるものの異能を持っている。本物がなにも視えなかった場合に限り、彼女たちは補佐に当たっていた。

だが、本物と呼ばれる価値があるものは一人だけだ。

藤咲《ふじさき》の『かみさま』と同様に、彼女も永瀬で祀《まつ》りあげられている。


――ただの人間が、まるで神様のように。

——比類なき、絶対の、超常のものだと。

「ですが、朔《さく》さん。あなたの目には『異能を増幅する力』があると聞きました。その目さえ得られれば、私のような『残りの十一人』も、本物に近づくことができるのかもしれませんね？」

「嫌だよ。朔君は僕のだよ。誰にもあげないよ！」

未知留《みちる》の言葉に、藤花《とうか》が間髪を入れずに叫んだ。朔が盗られるのではないかという恐怖を覚えたためだろう。実際、彼自身も危惧《きぐ》はしていた。朔の能力の詳細は把握されてしまっている。

恐らく、分家の誰かが永瀬に情報を漏らしたのだろう。

朔の目は、力の弱い異能者にとってはまさしく福音だ。

藤咲から逃れた先で、永瀬に拘束されるようになっては意味がない。特に、藤花と引き離される恐れがあるのならば、なおさらだった。低い声で、朔は囁《ささや》く。

「藤花といっしょにいられなくなるのならば、俺は自分の目を潰《つぶ》す。覚えておいてくれ」

朔にとって、それは本気の警告だった。

だが、藤花にとっては思いもよらないものだったらしい。小さく、彼女は跳びあがった。

ふるふると、藤花は首を横に振る。

「そんな、朔君！　なんてことを言うんだい。僕はそんなこと絶対に認めないよ！」

「藤花といっしょにいられないことのほうが、俺には問題だ」

「僕だって、朔《さく》君とずっといっしょにいたいよ！　ううん、ずっといっしょにいるよ！　でも、そのために、君が自分の目を潰《つぶ》すのは駄目だよ。僕は朔君のことを、誰よりも、自分のことよりも、大事に大事に思っているんだからね！」

「やっぱり結婚しよう」

「朔君が壊れた」

「お二人とも、落ち着いてください」

冷静な声で、未知留《みちる》が口をはさんだ。彼女は苦い笑いを浮かべている。涼やかに、未知留は首を横に振った。少し考えたあと、彼女は囁《ささや》く。

「少なくとも、永瀬《ながせ》自体の意向としては、今のところ藤花《とうか》様と朔様を引き離すつもりはないはずです。朔様に協力をあおぐことはあるかもしれませんが……何せ、永瀬の本物は盲目ですし、補佐の者たちが力を持ちすぎることを、それはそれで永瀬は恐れておりますから……今はあくまでも、永瀬の『本物が視《み》た占』に関係することで、お二人は招かれただけにすぎません」

「つまり、今度は……俺たちが、永瀬本家で起こるなんらかの事態に関係する姿を、本物は視たということですか？」

「さあ……ご想像におまかせします」

あいまいに、未知留はほほ笑んだ。

聞かされた事実を、朔は反芻《はんすう》する。

本物は藤花と朔に関して『みっつの光景』を視たと言っていた。

ひとつめが、ホテルでの一幕。

ふたつめが、『泳がない金魚』に関する事件解決の場面。


（みっつめは、いったいなんなのか）


朔は考える。まだ、答えはでない。だが、未知留が言いよどんでいるところを見れば、自然と不吉な予感がこみあげてきた。同時に、朔は何度目かの疑問を胸のうちで転がした。

（本物の占は絶対だと言う。だが、果たして未知留が来なかった場合でも、俺たちは『泳がない金魚』の事件に、かかわっていたのだろうか？）

未知留いわく、占がなくとも、藤花は男性を指して罪を暴く展開になったはずである。いや、その前に、なんらかの理由で、未知留が二人の泊まっているホテルへと現れたはずなのだ。

だが、その主張にたいして、朔は半信半疑だった。

永瀬の人間は、占に縛られているように思えてならない。

それこそ本来の運命を、永瀬は占のためにねじ曲げているのではないだろうか。

その事実に対して、朔はうすら寒いものを覚えていた。

なにせ、藤咲《ふじさき》の狂信と崩壊を、彼は目撃している。『かみさま』の死の予告を前にして、藤咲は次々と罪もない女の胎を裂いた。それで異能の力が増すのならばと、試し、無惨に殺した。

そして、凶行に奔《はし》った者たちは、みんな死んだのだ。

みんな、みんな、『かみさま』に殺された。

それは悲しく、
それはつらく、
そして、むなしいことだ。

(もう二度と、あんな目には遭いたくない)

朔《さく》はそう思っている。だが、永瀬《ながせ》の真意はわからないままだ。

目の前の永瀬の女を——未知留《みちる》を、朔はにらみつける。

彼女は薄くほほ笑みを返した。


不思議と、それは幸せそうな笑みに見えた。

「さあ、もうつきますよ」


未知留は囁《ささや》く。

ほぼ同時に、朔たちの乗っている車が止まった。

今まで起伏の多い道を昇ってきたことを、朔は振動から察していた。だが、永瀬の車の後部座席は、透過率ゼロのスモークガラスとなっている。道中はなにひとつとして景色は見えなかった。乗車時間の長さからして県境はいくつかまたいだだろう。だが、現在地の手がかりといえばそれだけだ。

運転手が車を降りた。彼は後部座席の扉をうやうやしく開く。

まず、未知留が外にでた。

藤花《とうか》を守るようにしながら、朔は後へ続く。そして目の前に広がる光景に、彼は息を呑《の》んだ。

朔たちの前には長い長い石の階段が連なっていた。

そのうえには、ところどころに雪が積もっている。

何もかもが黒く、白く、灰色で、

凍りついているかのごとく、静謐《せいひつ》な光景に見えた。

＊＊＊

「藤花、大丈夫か？　転ばないように気をつけろよ？」

「うう、足元がちょっとツルツルする。でも、雪は左右にかたづけられているから大丈夫だよ」

「お前が転びそうになったら、俺がちゃんと抱きとめるからな」

「流石《さすが》、僕の朔《さく》君だね。ありがとう」

「ついでに、最近のストレスがすごいから、ちょっとお腹を揉《も》ませてくれ」

「朔君ってさ、付き合うとたんにアグレッシブになるタイプだよね……」

呆れたように、藤花《とうか》は言う。少し不安になって、朔は尋ねた。

「こんな俺は嫌いか？」

「当然、愛しているよ」

「藤花！」

「朔君！」

「お二人ともほどほどになさってください。脳の血管が切れそうです」

厳しく、未知留《みちる》が言う。

抱きあっていた朔たちは、慌てて離れた。

しばらくして、三人は巨大な門にたどり着いた。

朔は目の前の威様を見あげる。木製の重厚な造りは、旧《ふる》い寺の山門を思わせた。門屋根の瓦のうえには水気の多い雪が降り積もっている。背筋に寒気が走るほどに、絵になる光景だった。

やがて音をたてて、門は開かれた。

少なくとも、それを動かした人間はいる。そのはずだった。

だが、中はしんっと静まり返っている。

門をくぐると、広大な敷地内に日本家屋の屋敷がいくつも建っているのがわかった。だが、どれも無音を保っている。まるで、朔たちの訪れなど永瀬《ながせ》は欠片《かけら》も予想していないかのようだ。

藤花は辺りを見回した。首をかしげて、彼女は口を開く。

「誰もいない……のかな？」

「さあ……そうも思えないけどな」

不安げに、二人は言葉を交わした。

朔たちの危惧《きぐ》を否定するかのように、未知留は言った。

「ご心配なく。お二人の訪れを、皆は存じております。今は『春の間』へどうぞ」

先に立って、未知留は歩きだす。後を追おうとして、朔は思わず足を止めた。

不意に、彼は異様な光景を見たのだ。

白い庭に、更なる白色が栄えている。

そこに、白い唐傘《からかさ》をさした、純白の着物姿の女性がいた。

彼女の目は閉じている。だが、確かに朔たちを視《み》ていた。

そう、なぜか、彼にはわかった。朔は立ちつくす。

そのとき、未知留と藤花に、彼は声をかけられた。

「どうかなさいましたか？」

「どうしたの、朔君？」

「あっ……いや……」

あそこに人がと、言おうとして、朔《さく》は迷った。

（アレは人か？）

本当に人なのか？

そう疑問に思う間に、ふっと人影は消えた。

朔は目をこする。だが、やはり雪と植木に彩られた庭園には、誰の姿もなかった。ただ、墨で描かれたような彩度の低い光景が広がるばかりだ。

きっと、気のせいだったのだろう。

朔はそう思おうとした。

だが、彼の網膜に残った姿はなかなか消えなかった。

白く、

それはとても白く。

＊＊＊

外からでは、永瀬《ながせ》の屋敷は建築物としてまっとうなものに見えた。

だが、その実態はまるで違った。

中に入ることで、朔と藤花《とうか》はそれを理解した。

まず、壁や天井は白で統一されている。家具はほぼ置かれていない。さらに、壁紙は定期的に張り替えられているのか、すべてにおいて染みひとつなかった。

そして、屋内は純白で埋めつくされている。

見つめていると、朔は眼球に痛みを覚えた。

未知留《みちる》いわく、この白には意味があるという。

白とは、永瀬の本物の視《み》ている闇《やみ》の色なのだ。

彼女は盲目だった。だが、その眼球に異常はない。にもかかわらず、生まれてこのかた、本物の目が開かれたことは一度もなかった。まぶた越しの闇のとばりの中で、彼女は日々をすごしてきた。そのはずだった。だが、ある日のことだ。

本物はそうではないと語りだした。

自分は白の中にいる。

占を行うと、そこに先の光景がぼんやりと浮かびあがるのだ、と。

あるいは朔の目と同様に、本物の目も『異能の目』なのかもしれなかった。だが、当初、永瀬は本物の言葉に混乱した。『白の盲目』。その境地にこそ異能の強さの秘密があるのだと、何人もの娘の目が潰《つぶ》されたという。視界を奪うことで、同様の状態にいたれないかの試作だろう。

だが、その結果たるや実に無惨なものだった。

誰にも白の闇《やみ》は見えず、本物と同じような力を授かるものもいなかった。

不毛だと、永瀬《ながせ》は娘の目を潰《つぶ》すことをようやくやめた。

代わりに、すべての部屋の壁や天井を白く塗った。本物の視《み》ている風景を、少しでも再現するためだろう。同様の環境の中ですごすうちに、次代の強力な異能者が現れないかを期待しての措置だ。永瀬の奇行の真意を、朔《さく》はそう推測した。

だがどんな理由があろうとも。

なんであろうと、歪《いびつ》なことだ。

今までのわずかな時間のうちにも、朔は思い知っていた。

永瀬は藤咲《ふじさき》と同等か、それ以上に、異能を重視している。

そんな一族の本拠地で、くつろげるわけもない。


「……居心地が悪いね、朔君」

「ああ、本当にな」

藤花《とうか》はつぶやく。朔はうなずいた。

『春の間』は鎮まりかえっている。

名前を表しているのか、部屋の床の間には僅《わず》かばかりの花が飾られていた。

白い花瓶に、白い桜が挿されている。冬に珍しいと、朔は先ほど触れてみた。だが、指先には、花とは違う感触が伝わった。精巧な造花だったのだ。花の紛いものから金魚の紛いものを連想してしまい、朔は床の間から離れた。あとはずっと、白い床のうえに座り続けている。

不意に、藤花がもじもじと動いた。彼女は小さくつぶやく。

「ねぇ、朔君」

「どうした、藤花？」

「もっと、そばに寄ってもいいかな？」

「もちろんいいぞ」

朔は応える。

おずおずと、藤花は這《は》うようにして彼へ近寄ってきた。こてんと、藤花は朔の肩のうえに頭を乗せる。わずかに、彼女は唇をゆるめた。それを見て、朔は思わずつぶやいた。

「かわいい」

「おあああ、照れるよう」

「照れさせたいから、照れてくれ。でも、顔は見せてくれ」

藤花《とうか》は丸くなりかけた。それを止めて、朔《さく》は言う。

どうしたらいいのかわからないと、藤花はもがいた。赤くなりながら、彼女はぼやく。

「ううううっ、彼氏になると、朔君はようしゃがないなぁ」

「だって、藤花がかわいいから」

「――――もうっ！」

叫びながらも、藤花は困ったように笑った。

やっと、笑顔が見られた。

ほっと、朔は胸を撫《な》で下ろす。そうして、彼は素直に続けた。

「笑顔がかわいい」

「もぉおおおお！」

藤花は爆発した。ぽかぽかと、彼女は朔を殴る。まったく、痛くはない。

だが、本気で怒っているような口調で、藤花は言った。

「馬鹿、馬鹿、馬鹿朔君！」

「別に、馬鹿でもいいぞ」

「よくないよ！　朔君は馬鹿じゃないよ」

「さっき馬鹿って言ったのは」

「僕だけども！」

「ほら」

「もう、わけがわからないよ」

どたんばたんと二人は騒いだ。

それからあと、藤花はふたたび朔の肩のうえに頭を落ち着かせた。しばらく、彼女はそのまま動こうとしなかった。だが、続けて、藤花は朔に小さな声で問いかけた。

「……ねぇ」

「うん？」

「膝枕《ひざまくら》もしてもらってもいいかな？」

「喜んで」

「へへっ、朔君が僕に甘いよ。いいことだね」

嬉《うれ》しそうに、藤花は笑った。朔はうなずく。

ふだんならばともかく今は異常事態なのだ。

せめてなにも起こっていないうちは、盛大に甘やかしてやりたくもなる。

ごろりと、藤花は無防備に横たわった。今の彼女はクラシカルな黒のワンピースを着たままだ。ふわりと、スカートのレースが床に広がる。

その頭を、朔は自分の膝のうえに乗せてやった。

藤花は力を抜く。ゆっくりと、彼女は目を閉じた。心から、というように、藤花はささやく。

「ああ、このまま時間が止まってしまえばいいのになぁ」

「残念だけど、それは難しいな」

「朔《さく》君とずっと二人だけの世界がいい」

「俺も、そうならいいって思ってるよ」

優しく言って、朔は藤花《とうか》の髪を撫《な》でた。彼は思う。

実際、世界が二人だけだったのならば、どんなによかっただろうか。そうすれば、朔と藤花はどこにも逃げる必要がなかった。永瀬《ながせ》に脅されることもなく、二人だけで、ずっといられた。

藤花はおおきく息を吐く。甘い声で、彼女はつぶやいた。

「好きだよ、朔君」

「俺もだよ」

藤花はほほ笑む。

朔も、笑い返す。

わずかに、空気はゆるんだ。

そのときだった。

にわかに、外が騒がしくなった。

明らかに、なにかが起きた気配がする。

「なに、なんなの？」

藤花は跳びあがった。彼女のとなりに、朔は移動する。

激しい足音と共に、誰かが廊下を駆けてきた。

「藤花は下がってろ」

「朔君」

朔は藤花を背中にかばった。息を呑《の》みながら、彼はこれから何が起こるのか様子をうかがう。

瞬間、内側も白に塗られた襖《ふすま》がいきおいよく開かれた。

未知留《みちる》が顔をだす。

「朔様、藤花様！」

朔はまばたきをした。彼女のかっこうは様変わりしている。幾本もの飾り紐《ひも》を垂らした巫女《みこ》装束に、未知留は着替えていた。それはどの宗派のものでもなさそうだ。永瀬のオリジナルなのかもしれない。そんなどうでもいいことに、朔は気をとられた。

未知留の頬《ほお》はわずかに紅潮している。まるで、彼女は極度の興奮にかられているかのようだ。

改めて、朔は身構えた。

いったい、なにごとがあったのか。

朔たちに向けて、未知留は続けた。

「大変でございます」

「なにが起きたんだ」

「死体が」
そこで、未知留《みちる》は言葉を切った。

『死体』。

異質でごろりとした単語が宙に浮く。
朔《さく》は唇を噛《か》んだ。藤花《とうか》はすっと目を細める。
なぜか、どこか弾んだ声で未知留は言った。

「首のない死体が、見つかりましてございます」

それは陰惨で残虐で、
どこか浮世離れした宣言だった。

「早く、早く、こちらに」

＊＊＊

「急《せ》かさないでくれ」

「いいえ、お早く」

「そもそも、どうして俺たちが死体を見る必要があるんだ」

「藤花様は探偵でございましょう?」

「探偵は探偵でも、霊能探偵だ」

「些末事《さまつじ》はどうでもよろしいのです。さあ、こちらへ、こちらへ」

寒さに震えながら、朔たちは渡り廊下を越えた。二人は大座敷に案内される。

両開きの襖《ふすま》を、未知留はひと息に開いた。

中にそろっていた人々が、いっせいに朔たちのほうを見る。

男も女も、全員が白い着物を身をまとっていた。だが、中の何人かは、未知留と同じ巫女《みこ》装束を着ている。おそらく、彼女たちは『十二人の占女』の誰かなのだろう。

(本物はどこにいるのだろうか)

ふと、朔はそう思った。同時に、彼はある事実に気がついた。

人々の間に死体が見える。

死んでいるのは女だった。

彼女に頭はない。

切断面からこぼれたおびただしい量の血が、服を汚している。それは巫女《みこ》服だった。彼女の周りには布からしたたり落ちた血が模様を描いている。

（つまり、被害者は『十二人の占女』の一人か）

そう、朔《さく》は考えた。

果たして彼女は占女の中の本物なのか否か。それはわからない。また本物ではなく、補佐の十一人だったとしてそれが欠ける意味はといえば、彼には捉えがたかった。

じっと、藤花《とうか》は凄惨《せいさん》な死体を見つめる。やがて、彼女は呟《つぶや》いた。

「……切断面は美しい。頭部は一撃で切り落とされている。凶器は大振りの刃物だろう。しかも力の入りやすいよう、斜めに入れられている。犯行当時、被害者は拘束されていたか……あるいは自由意志かで、首を前に突き出した状態で動かなかった可能性が高い」

一気に、藤花はそれだけを読みとった。

さらに、白と紅に彩られた部屋に、彼女は視線を走らせる。考えこみながら、藤花は続けた。

「服に対して、床への出血量が少なすぎるね……殺したのは別の場所か。あるいは絞殺後に、痕《あと》を隠すように首を切断した可能性もある。そうすれば頭部切断の際、被害者に抵抗した様子がないことへの説明もつくからね。だが、なんのためだろう……」

一度、藤花は目を閉じた。彼女は首を横に振る。まぶたを開いて、藤花は続けた。

「どちらにしろ、被害者の指先を確認しておきたい」

絞殺ならば、爪《つめ》の隙間に痕跡《こんせき》が残っている可能性は高いだろう。

しかしと、朔は思った。

（それを確かめて、なんになる）

多少、死因の特定を進めたところでなんだというのか。

現状は警察に任せるべきものへと、完全に移行している。司法解剖をすれば、詳細な情報など、おのずと明らかになるだろう。正式な依頼とは違い、これは霊能探偵の領分でもなかった。

永瀬《ながせ》が通報はしないと言うのならば、朔たちの知ったことではない。

どちらにしろ、藤花に死体を確かめさせる必要性などないはずだ。

朔は前に進みでた。彼女の代わりに、彼は被害者の手をとる。

そのときだ。朔は襟足をつかまれた。ぐいっと、彼は乱暴に後ろとへ引かれる。

首をひねって、朔は相手を見あげた。白をまとった男が、彼をにらんでいる。

怒りと――――なぜか失望に見えるものを、男は顔に浮かべていた。険しい声で、彼は告げる。

「勝手に、お前が占女様に触るな」

それからのできごとはあっという間だった。

急《せ》かされたのが嘘《うそ》のように、朔と藤花は大座敷を追いだされた。

まるで、二人が『その場にいる』必要がなくなったかのようだ。

さらに、朔《さく》と藤花《とうか》は『春の間』へと戻された。

ぴしゃりと、襖《ふすま》は閉じられる。

なにがなんだかわからないと、二人はぼうぜんとした。

「あ、嵐みたいな速さだったね」

「い、いったい、人を呼びだして、追いだして、なんだったんだ?」

しばらくすると、未知留《みちる》がやってきた。朔と藤花に、彼女は非礼を詫《わ》びるかのごとく頭をさげる。だが、口を開くと、未知留は事件とはまったく別のことを切りだした。

「藤花様にお話がございます。よろしいでしょうか? 朔様は少しの間で結構ですので、中庭へとお願いします。寒いですが、当家の冬景色は見ものですよ」

流れるように、彼女は語った。

朔は眉根《まゆね》を寄せる。不機嫌な声で、彼は反論した。

「殺人事件が起こったんだぞ。藤花を一人になんてできるか」

「あら、ここには私がおりますが?」

「それでも、だ」

厳しく、朔は言う。

どこか愉快そうに、未知留はたずねた。

「つまり、私のことも怪しいとお疑いで?」

「潔白だと言いきることはできない」

「朔様に疑われるのは、悲しいことですね」

「悲しそうには見えない、が」

「本心ですとも。あなた様に疑われるのは、さみしいことです」

「朔君、僕なら大丈夫だから」

そう、藤花は朔の袖《そで》を引いた。

しかしと、朔は目を細める。苦悩する彼の前で、藤花は続けた。

「少なくとも、今回の殺人では十二の……ううん、未知留さんもふくめた『十一人の占女』たちは、誰が殺されていてもおかしくはなかったんだと思う」

藤花には事件のかたちが見えているらしい。

いったい、それはどんなものなのか。

朔にはまったくわからなかった。

ただ、彼女は真剣な表情をしている。未知留に聞きたいこともあるらしい。それを察して、朔は深くため息をついた。こうなったら、藤花は折れない。

おとなしく、彼は庭に出ることに決めた。

「なにかあったら、すぐに大声で叫ぶんだぞ」

「うん、大丈夫だよ、ありがとう。朔君も風邪をひかないようにね」

藤花《とうか》は朔《さく》に手を振った。手を振り返して、彼は外に出る。板敷きの廊下を、朔はしばらく進んだ。踏み石に履物を見つけると彼は中庭に降りた。白い息を吐いて、朔は辺りを見回す。

広大で四角い空間には、雪が降り積もっていた。

旧《ふる》く、見事な松が雪をかぶっている。

敷きつめられた玉砂利も、白に覆い隠されていた。

白色と灰色だけで構成された空間には、彩度というものがない。だが、と朔は思った。

目を閉じると鮮烈な紅色が滲《にじ》んでくる。


動かない首なし死体は、まるで白の中に咲いた花のように思えた。


人が死んだ。

占女の一人が殺された。

いったい、なにが起きているのか。

「くそっ」

小さく、朔は毒づいた。

そのときだ。

――――ふわりと、

白い女が現れた。
幻のように、
嘘《うそ》のように、
そこにいながら、いなかったかのように。
気がつけば、彼女は立っていた。

＊＊＊

雪が、
雪が降っている。
一瞬、朔はそれが桜であるかのように錯覚した。
ふわり、ふわりと白が降る。
まるで、空間を埋め尽くそうとするかのごとく。

永遠に近いものが確かにあった、幻の庭での光景のように。


だが、ここに黒の少女はいない。

いるのは、白い女だけだ。

どうっと、
風が吹いた。

雪が舞いあがる。天と地に白が舞う。だが、朔《さく》は知っていた。雪に頼らずともこの女の視界は白く染まっているはずだ。未知留《みちる》に聞いたことが本当ならば女は純白の闇《やみ》の中を生きている。

この人は巫女《みこ》装束を着てはいない。

だが、永瀬《ながせ》のかかげる本物だろう。

本人に確かめることもなく、朔はそう悟っていた。

（だって、この人は『かみさまに似ている』）

思わず、朔が雪を桜と錯覚するほどに。

永瀬の本物は、『かみさま』と同じ空気をまとっていた。

「藤咲《ふじさき》の『かみさま』が死んだそうですね」

ゆっくりと、彼女は口を開いた。

固く閉じられた目の下で、なめらかに唇が動く。それを見て、朔《さく》にどこか異様な印象を覚えた。美しいが仮面じみた顔の中、まるで口だけが別の生き物のように見える。

彼女は――永瀬《ながせ》の本物は純白の着物をまとい、白の唐傘《からかさ》をさしていた。

くるりと、白の中で白が回る。

雪が弾かれた。それは辺りに細かく散る。まるで、桜の花びらのように。懐かしい黒い少女の姿が、朔の目には蘇った。首を横に振って、彼は幻覚を払う。

そして、朔は永瀬の本物の問いに応えた。

「はい、藤咲の『かみさま』は亡くなっています」

「自殺、とうかがいました」

どうっと、
また風が吹いた。

その中でも、女の声は明瞭《めいりよう》に響く。

彼女の囁《ささや》きは小さかった。だが、同時に針のような鋭さを持っている。そこもまた藤咲の『かみさま』に似ていた。けれども、永瀬の本物の声のほうがはるかに険しい。

ぴんっと張った糸を、朔は連想した。それは、今にも切れそうでもある。
ふたたび、女は口を開いた。
責めるように、
すがるように、
女は、尋ねる。
「なぜ、『かみさま』は死んだのですか」
『かみさま』なのに。
無邪気に、無垢《むく》に、たあいなく、女は問いかけた。
まるで、首をかしげる童女がごとく。
なぜと、朔はオウム返しにくりかえした。目の奥で、黒い少女が笑う。
かつて、
笑って、
笑って、彼女は言った。
『ああ――――これでやっと、すっきりした』
そして、
さよならを言うひまもなく、
かみさまは、

「なぜかは、彼女からじかに聞きました。しかし、俺にはわかりません」

気がつけば、朔《さく》はそう口にしていた。自分でも意味不明な答えだと思う。

あんのじょう、白い女はことりと首をかしげた。

朔は胸元を押さえた。突かれたように、心臓は痛みを放っている。悲しみに暴れるそれを、彼は必死に鎮めた。そうして、朔は血を吐くように告げた。

「わかりたくなど、ないのです」

朔は続ける。

ずっと、思っていたことを。

「俺は、彼女に死んで欲しくはなかった」

「ああ、それは」

お気の毒です。

女はささやいた。

心からの労《いたわ》りのこめられた声だった。

ぱちりと永瀬《ながせ》の本物は唐傘《からかさ》を閉じる。

雪は彼女を避けなかった。白い髪に薄い肩に、白は降りそそいでいく。

『かみさま』のうえには桜は降らなかった。幻の花びらは彼女を避けた。

そんなことを、朔は懐かしく思いだした。

ざくりと、永瀬の本物は歩きだした。

雪を踏み崩して、彼女は前へと進む。

朔の間近に立って、永瀬の本物はもう一度尋ねた。

「なぜ、『かみさま』は死んだのですか」

「先ほど、お応えしましたが？」

「違います」

永瀬の本物は首を横に振った。白くつややかな髪のうえに落ちていた雪が払われる。

やはり、心から不思議そうに、彼女は問うた。

「なぜ、悔いてくれる人がいたのに、好いてくれる人がいたのに」

それなのにどうして、彼女は死んだのでしょう？

わかりません。

私にはわからない。

わからない、
わからない、と。

ぽつり、ぽつりと、本物はつぶやいた。

そして、彼女はないしょ話をするように続けた。

「私には、私のことを人間として扱ったうえで悔やんでくれる人も、あわれんでくれる人も、悲しんでくれる人もいないのです」

「……それは」

「私は疲れました」

もう、とても、とても疲れました。

本物は囁《ささや》く。それは深い、疲労のにじむ声だった。百年生きた人間の、千年を超えた化け物の疲れの表れた声だ。彼女は重いため息をつく。そして、本物は噛《か》みしめるようにささいた。

「藤咲《ふじさき》の『かみさま』には想ってくれる人がいた。それでも、彼女は死んだのですね」

「あなたは」

「いいえ、いいえ、もういいのです」

そこで、本物は朔《さく》の言葉を断ち切った。

なぐさめなどなにも聞くまいというように、彼女は続ける。

「優しい人と、話せてよかった。お礼を申しあげます」

永瀬《ながせ》の本物は、深く頭を下げた。

時が止まったように、朔には感じられた。だが、永遠などここにはない。

やがて、彼女は顔をあげた。

ぱちり、と。

女はふたたび白い唐傘《からかさ》をさした。優雅に、彼女はそれを肩に乗せる。くるりと、永瀬の本物は後ろを向いた。なにもかもを拒むかのごとく、彼女はぽつりとささやく。

「――――さようなら」

なにか言うべきかと、朔は考えた。

なにか言うべきだと、彼は思った。

あのときも――さよならを言うことすらできなかったのだから。

朔は前に手を伸ばす。細い背中は、今にも雪の白に溶け消えてしまいそうだ。

どこかあいまいな輪郭に向けて、彼は訴えた。

「待ってください！　俺は……」

「朔様、なにを叫んでおいでなのですか？」

不意に、朔は背後から声をかけられた。虚を突かれ、彼は後ろを振り向く。

そこには未知留《みちる》が立っていた。彼女の隣には藤花《とうか》がいる。思いがけないものを見たかのように、藤花は驚愕《きょうがく》の表情を浮かべていた。去りゆく本物の背中に、藤花は気がついたものらしい。

だが、こちらは何も気づいた様子はなく、未知留は言った。

「どうかなさいましたか？」

「俺は、永瀬の本物と……」

「本物の占女様が?」

未知留《みちる》は首をかしげた。彼女は朔《さく》の後ろを覗《のぞ》きこむ。そこには人のいた跡が残っていた。目を凝らせば雪のうえの足跡も確認できる。未知留はまばたきをした。

それが別の建物に消えたのを視線で追って、彼女は肩をすくめた。

「なんのお話をしていたかはわかりませんが、お帰りになられたようですね」

「帰ったのか」

単に帰っただけかと。

夢から醒《さ》めたかのように、朔はつぶやいた。だが、彼は不安で胸の底がざわざわとざわめくのを覚えた。本物をあのままにしておいていいとは、朔にはなぜか思えなかった。

(彼女と話をしなければならない)

強烈な衝動に、彼は胸を押さえる。

足跡を追って、朔は歩きだそうとした。

そのときだ。

ぐいっと、彼は顔をひっぱられた。なにかと、朔は驚く。一拍置いて、彼は理解した。

強引に、未知留が朔を自分のほうへと向かせたのだ。

彼女は彼の目を覗きこんでくる。

朔の目は、鏡のように未知留の瞳《ひとみ》を映した。

「なに、を」

朔《さく》は問う。未知留《みちる》は応えない。

振り払おうとして、朔は思わずためらった。

未知留の目の中には、切実で必死な光が浮かんでいた。まるで、無理にやめさせられれば、その先には死が待つかのようだ。必死に、彼女は朔の目を覗《のぞ》きこみ続ける。

二人は見つめあった。短くはない時間がすぎる。

焦《じ》れたように、藤花《とうか》が声をあげた。

「ちょ、ちょっと、いいかげんにしておくれよ！　朔君は僕のだよ」

「……これは失礼しました。もう満足です」

ぱっと、未知留は朔の顔を離した。くるりと、彼女は後ろを向く。

混乱したまま、朔は首を横に振った。先ほどの彼女の行動の意味はわからない。

そのまま歩いていくかと思ったが、未知留は振り向いた。首をかしげて、彼女は告げる。

「お話も終わりましたし、朔様、藤花様は夕食まで『春の間』でおくつろぎを。本物様はご本人の許可なく会うことはできないお方ですので、絶対に追うことなどしませんように。どうか、この永瀬《ながせ》でごゆるりとおすごしくださいませ」

歌うように、楽しそうに、

節をつけて、未知留は続けた。

「誰かの首が落ちるまで」

＊＊＊

『春の間』にて。

未知留の言葉の不吉さを、朔は反芻《はんすう》した。

アレはまるで次の犯行を予期しているかのように、彼には聞こえた。

(未知留は犯人を知っていると言うのか)

あるいは、彼女自身が殺人犯という可能性もある。だが、一撃で首を切断することは、女性には難易度が高いように思えた。それでも、容疑者の範疇《はんちゅう》から外すにはまだ早いだろう。

ひとまず、今は身を守るためにも情報がいる。

そう考えて、朔は藤花に尋ねた。

「藤花、未知留とはなにを話したんだ？」

「うん？　占女は神聖な存在だから、男性は触れてはいけない。遺体の確認をしたい際には、触るのは僕だけにするようにお願いしたいって」

その言葉に、朔は眉根《まゆね》を寄せた。

なにかがおかしい。

占女は神聖な存在だという。だが、未知留《みちる》も中の一人のはずだ。

それなのに、彼女は朔《さく》の顔をつかみ、自分に向けさせるという、謎《なぞ》の暴挙にでていた。占女に男性は触れてはならないと言うのであれば、彼女の行動は理屈に合わない。

(矛盾している)

さて、それはなぜか。

だが、考えたところでやはり答えなどでない。

朔は、藤花《とうか》への問いかけを続けた。

「未知留に聞きたいことがあったみたいだけれど、ちゃんと聞けたのか？」

「ううん、聞けなかったよ。彼女ははぐらかした。けれども、未知留さんの去り際の言葉もあわせて考えれば、おそらく僕の予想は的中しているだろうね」

彼女の予想の内容もまた、わからないままだ。

朔は続けて尋ねようする。だが、その前に藤花は首をかしげた。

「朔君のほうこそ、永瀬《ながせ》の本物となにを話していたんだい？」

「ああ……それは」

尋ねられ、朔は語った。

永瀬の本物と交わした一連の言葉について。

白の女の『かみさま』の死に対しての嘆きと疑問と、さよならを。

厳しい顔で、藤花はうなずいた。じっと虚空を見つめながら、彼女は結論をだす。

「たぶん、このままではすぐに人が死ぬね」

未知留の宣告じみた言葉とそれは似ていた。

どういう意味かと、朔は口を開こうとする。

そのときだ。

ふたたび、にわかに廊下が騒がしくなった。

朔は身構える。徐々に足音が近づいてきた。

襖《ふすま》を開いたのは、未知留だった。

するりと、彼女は『春の間』に入ってくる。

また着替えたのか、未知留は外出時の灰色のコート姿になっていた。

今度は何事かと、朔は目を細める。だが、彼女は何も言いはしなかった。

すたすたと歩くと、未知留は押し入れの襖を開いた。壁が白なせいで、朔は今までその存在に気づいていなかった。だが、中には客用の布団がしまわれている。その隙間に、なぜか未知留は身を滑りこませた。くすりと笑って、彼女は子供のように隠れる。

数秒の沈黙のあと、朔は尋ねた。

「なにをしているんですか？」

「しばらく失礼」

ひらりと手を振り、未知留《みちる》は襖《ふすま》を閉じた。彼女の姿は見えなくなる。

朔《さく》はあっけにとられた。なにもかも意味がわからない。彼は混乱した。

一方で、藤花《とうか》は唇を強く噛《か》み結んだ。彼女の頬《ほお》は青ざめている。

心配になり、朔は声をかけた。

「藤花？」

「止められなかった。おそらく、もう起きてしまった」

彼女はつぶやいた。

それと重なって、新しい声がした。

「大変でございます、朔様、藤花様」

知らない占女が、廊下の襖を開いた。立て続けになにごとか。そう、朔は眉根《まゆね》を寄せた。だが、彼の困惑にかまうことなく、占女は告げた。

「首のない死体が……」

そう聞いたとき、朔には特に驚かなかった。

ただ、また起きたのかと深い諦《あきら》めを覚えた。

人は死ぬのだ。

ここでは、くりかえし、
花が落ちるかのごとく。

＊＊＊

その後の流れは、前回の事件とほぼ同じだった。
占女の案内で、朔たちは別の大座敷に連れていかれた。
現場にそろったものたちが、いっせいに、二人を見る。
「……また、前回とほとんど同じ死体だね」
衆人環視のもと、今回は藤花が進みでた。彼女は新たな被害者の手を確認する。
途端、なぜか、辺りからはほうっと安堵《あんど》の息がもれた。
朔は不気味な思いにかられる。
（なにかがおかしい）

ずっと、なにかが歪《ゆが》んでいる。

そう、朔《さく》には思えてならなかった。

じっと、藤花《とうか》は死体の手を見つめた。悼むように、彼女はそれをぎゅっと握る。

一度目を閉じたあと、藤花は開いた。おおきく、彼女は声を響かせる。

「爪《つめ》の間に、残留物はない。絞殺後の切断ではないと考えられる。だが、そもそも、先に絞殺する必要自体がなかったね」

すうっと、藤花は息を吸いこんだ。彼女はまとう空気を一変させる。

清く、
厳しく、
冷たいものに。

そして、『少女たるもの』は糾弾を開始した。


「なにせ、犯人は『永瀬《ながせ》の全員だ』」


ひゅっと、朔は息を呑《の》んだ。それは、彼の予想しない答えだった。

また、永瀬を敵に回すひと言でもある。

だが、迷いなく、藤花は言葉を続けた。

「これだけ人手があれば、無理やり固定したうえで首を切断することなど造作もないだろう」

慌てて、朔は辺りを見回す。

同時に、彼は内臓が冷えるような恐怖を味わった。


目が、光っていた。

目が、目が、目が。

冷たい酷薄な目が。


『だからどうした』と、問うていた。


その視線の中心でも、藤花は臆さない。死者の手から指を離して、彼女は語った。

「動機は、おそらく『本物の視《み》た、みっつめの光景』にある。彼女は『巫女《みこ》服を着た首のない死体を僕たちが発見し、まず僕が触る姿』を視たんだろう。だから、こうして死体を準備して、僕に触らせたんだ。理由は――」

藤花は息を吸い、吐いた。

そして、彼女は異常な行動の異常な動機を告げる。

「永瀬《ながせ》の本物を守るためだよ」

＊＊＊

意味がわからなかった。

同時に、朔《さく》は理解もした。

理解、してしまった。

おそらく、ふだんは本物の占女も巫女《みこ》服を着ているのだ。

更に、視《み》た光景を告げるさい、彼女は『巫女服を着た、首のない占女の死体』を視たと、死者が『十二人の誰かである』ことを言いきったのだろう。

結果、永瀬は大混乱に陥った。

なにせ、『十二人の占女の誰か』が死ぬというのならば、本物も命を落とす可能性がある。

だから永瀬は自ら予言の範囲を狭め、『問題のないかたち』で実現させることとしたのだ。

すなわち、『本物』以外の首を先んじて切り落とし、朔たちに見せることにした。

(だが、一人目は俺が先に触ってしまったせいで、予言の光景からズレ、失敗となった)

だから、二人目が殺されたのだ。

そう気がついた瞬間、朔は強い吐き気を覚えた。自分の行動のせいで人が死んだのだ。だが、そんなことは予想しない。己の知らないうちに背負わされた罪に対して、朔は胃を押さえる。

また永瀬の異常な思考に、彼は目眩《めまい》を覚えた。

予言の実現を信じて、
本物の殺害を恐れて、
そのために人を殺す。

（めちゃくちゃだ……理屈になっていない）

そんな理由で、人を殺してはならない。

そんな理由で、命を殺めてはならない。

だが、朔にはわかっていた。

やはり、わかってしまっていた。


これが永瀬だ。

永瀬、なのだ。


現に藤花《とうか》の指摘に対し、恥や後悔を瞳《ひとみ》に浮かべるものはいない。

ただ、彼らは堂々と、彼女を見つめ続ける。

だから、どうしたと。

藤花《とうか》の話は、みじんも永瀬《ながせ》には意味をなさなかった。

朔《さく》がそう思ったときだ。

彼女は予想外のことを周りに尋ねはじめた。

「聞きますが、本物を除いた十一人のうち、誰が殺されるかはどうやって決めたのですか？」

「それはくじ引きで……」

別に構わないとでも思ったらしい。群衆の一人から、普通に答えが返る。

深々と、藤花はうなずいた。

「やはり。そして殺す前には、顔を袋で覆ったりしたのでは？」

「そうですか……」

「さらに、二回目の殺害直前に、哀れに思うからと本物が被害者に逢いにきたのでは？　少しだけ、被害者と本物には二人きりになる時間があった」

「いったいなにを……」

「当たりだと言うのならば袋の中に入れたままであろう切断した頭部を確かめてみてください」

険しく、冷たく、藤花は告げる。

永瀬にとって一番残酷な真実を。

「それは未知留《みちる》ではなく、本物の首ですよ」

＊＊＊

悲鳴が、起こった。

数名が慌ただしく駆けていく。藤花の言葉を確かめようと言うのだろう。転ぶようないきおいで、彼らは大座敷を出て行った。足音が遠ざかっていく。

同時に、朔は『春の間』に未知留が生きて隠れたことを思いだしていた。

（彼女は）

彼女は、いったいなにをしたのか。

「未知留君は、次に自分が選ばれた場合の保険として、まずは永瀬の本物と朔君を中庭でひき会わせた。藤咲《ふじさき》の『かみさま』の死を契機として、本物の自殺願望が高まっていることを知っていたうえでの行動です。そして、本物に『自死』を強く望ませた。そのうえで、彼女は自分が犠牲に選ばれると知るや否や、本物に交代を求めたんだ」

藤花は語る。朔は思う。確かに、『中庭に行け』と、彼に指示を出したのは未知留だった。

そこでは、本物が待っていたのだ。

思えば、本物を追いかけないように朔を止めたのも、未知留だった。

今、藤花は推測を続ける。

「そうして、未知留《みちる》君は処刑直前の面会時間の間に、本物と入れ替わってみせた」

「だ、だが、そんな打ち合わせをする時間はなかった。くじを引いて、結果がでてすぐに未知留は拘束されたんですよ！　入れ替わりを決めるひまは」

「あったんですよ。未知留君は自分が当たりくじを引く光景を事前に見ていたんだ。だから、本物と入れ替わりについて細かく決めることができた」

永瀬《ながせ》の男の訴えに、藤花《とうか》が答える。

だが、と朔《さく》は思った。

未知留は占女の一人ではある。しかし、強い異能は持たないのだ。今回だけ、彼女が明確に自分の運命を知ることができたなどと、都合がよすぎる偶然ではないか。

そこで、ハッと朔は気がついた。

偶然ではない。

偶然ではないのだ。

「朔君の目は、異能の目です」

藤花が言う。

この騒動の前のことだ。

未知留は朔の顔をつかみ、その目を長く覗《のぞ》きこんできた。そして、朔の目は見たものの異能を増幅することができる。未知留自身も言っていたではないか。

『ですが、朔さん。あなたの目には「異能を増幅する力」があると聞きました。その目さえ得られれば、私のような「残りの十一人」も、本物に近づくことができるのかもしれませんね？』

そうして未知留は力を強め、自身の運命を視《み》たのだ。

あまりの事態に、群衆は鎮まりかえる。どうやら混乱を越えて言葉を失ったものらしい。不気味な静寂が広がった。湖の湖面のごとく、辺りには澄んだ、危険なほど冷たい空気が満ちる。

だが、そこに声が聞こえた。

凛《りん》とした響きが沈黙を割る。

「そう、本物ではないからと今まで見向きもされてきませんでしたが、残り十一人の占女の中で、本物に次いで強い異能を持つのは私です。朔さんの助力さえ得られれば、私は本物の代わりを果たせるのですよ」

永瀬のものたちはざわめく。

ゆっくりと、人波は割れた。

その間を、未知留が歩いてくる。

今の彼女は、ねずみ色のコートを脱ぎ捨てていた。

本物がまとっていたであろう純白の着物に、未知留は身を包んでいる。

そのとき遠くで叫び声が聞こえた。本物の頭部が見つかったのだろう。

怒りと殺意のこもった目が、次々と未知留に向けられる。だが、彼女は堂々と両腕を広げた。

涼やかに、未知留《みちる》は続ける。

「あなたたちに私のことは殺せませんよ。本物は死にました。もう戻りません。戻せません。あなたたちが気づかないまま、首を落として殺してしまいました。お気の毒さま。ならば、あなたたちは今後は私の占の力に頼って生きていくしかないのです」

絶対的な力は死んだ。

ならば、代わりをすえて、騙《だま》し騙しやっていくほかない。

「私も殺せば、もう次はいない。その意味がおわかりになりませんか?」

突きつけられた事実と絶望を周りは理解していく。群衆の視線は怒りから怯《おび》えへと、そしてすがるものへ変わっていった。本物という支えを失った人々は、未知留に救いを求めはじめる。藤咲《ふじさき》と同等以上に永瀬《ながせ》は異能に依存している。ならばこそ、未知留を殺す選択肢はとれない。

彼女は笑った。

勝利の笑みだった。

今や、未知留は絶対的な権力者となった。誇らしげな顔で、彼女は朔《さく》のほうを見る。

艶《つや》やかな女の顔で、未知留は告げた。

「これからよろしくお願いしますね、朔様」

逃げなくてはならない。

そう強烈に朔は思った。

この歪《ゆが》んだ場から、藤花《とうか》を連れて逃れなくてはならない。
だが、どうやって?
くらりと、彼は視界が揺れるのを覚えた。
その中で、白い着物をまとった少女は女のように笑っていた。
それは『少女たるもの』の顔とはまるで違う。
柔らかく、淫《みだ》らな、肉そのものの笑みだった。

間話

彼女は、彼を愛していた。

彼が知るよりずっと前に。

藤咲朔《ふじさきさく》の存在は、彼女の支えだった。

汚れた指を、彼は迷いなく手にとってくれた。大丈夫かと、たずねてくれた。それが虐げられてきた彼女にとって、どれほどに嬉《うれ》しいことだったか。うまく表す言葉を、彼女はもたない。

人は、
人はときに、
本当にささいなできごとに、圧倒的救いを見いだすことがある。
彼に出会うまで、彼女は地獄の底を這《は》っていた。

そして、天国に憧《あこが》れた。

あの手に触れられなければ、そんな高望みはしなかっただろうに。

彼女は恋をした。
それだけなのだ。

それだけ、すら許されないとは、
彼女は思わない。認めもしない。

藤咲朔への想いだけは、彼女は誰にも否定はさせなかった。
たとえ、無惨に、彼女が死んだほうがいい存在だとしても。

醜く無様で、哀れな劣化品だとしても。
恋を、することだけは自由なはずだと。

そう、信じていたかった。
信じていたかった、のだ。

雪を。

今、彼女は雪を見る。
いつでも、それらは美しく。
白の景色に救いはなかった。

第三の事件　救いの手

永瀬《ながせ》の本物は死んだ。

彼女は倦《う》み疲れていた。

そのため、自分を守るために殺される予定だった娘と、彼女は入れ替わった。

そうやって、永瀬の本物は進んで死を選んだ。


花のように、彼女は首を落とされた。


その後、なにが起こったか。

どこでも、それは同じだが。


絶対的な象徴の死んだ後には、別の狡猾《こうかつ》な存在がすわる。

本物に入れ替わりをもちかけ、生き残った少女、未知留《みちる》。

永瀬の混乱を突き、彼女は絶対的な権力を手に入れた。また、朔《さく》たちはあずかり知らぬ話だったが、彼女は長い時間をかけて永瀬内に協力してくれる勢力を固めてもいたらしい。

あっという間に、未知留は永瀬を掌握した。

だが、その継続には本物にならぶ異能の力が必要となる。そのため、能力が万全でない彼女にとって朔は必要不可欠なパーツとなった。あれから逃げるひまもなく、彼は固く監禁された。

『春の間』の襖《ふすま》の前には、つねに警備の人間がつけられた。

朔と藤花《とうか》の逃亡は阻止された。あの大座敷で覚えた彼の恐怖は、完全に読まれていたのだ。

その事実に、朔は歯噛《が》みした。

「こわいよ、朔君」

「ああ、ごめんな。わかってる」

「朔君が奪われてしまわないか、こわいよ」

「大丈夫。俺は、離れないから」

怯《おび》える藤花を抱きしめて、朔はすごした。

また、時おり訪れる未知留に対し、彼はおとなしく異能の目の力を提供した。

拒めば藤花を殺す。

そう言われては、朔に逆らうすべはない。

つねに、未知留は上機嫌だった。たまに、彼女は『春の間』ですごしていくこともあった。

未知留はお茶をたしなんだ。香り高い緑茶を飲みながら、彼女は歌うように朔にささやいた。

「もうすぐですからね。もうすぐ、もっと私と朔様《さく》にふさわしい場所が手に入りますからね」

「………」

「もうすぐですよ。待っていてくださいね」

貝のように、朔は口を閉ざした。

だが、それでも未知留《みちる》はほほ笑んだ。

不思議と、それは幸せそうな笑みに見えた。


歪《いびつ》な日々は歪《ゆが》んだまますぎていく。

やがて、朔は知ることとなった。

『ここまでは』まだマシだったのだ、と。

＊＊＊

永瀬《ながせ》内での地位が盤石《ばんじゃく》となったためだろう。

ある日を境に、未知留は一族の粛清をはじめた。

「必要のない駒は、あるだけ邪魔ですもの。潰《つぶ》していくにかぎります」

『春の間』を訪れたさいに、彼女は堂々と言いはなった。

永瀬のものたちは本物を守るために、占女の首を迷いなく落とした面々である。その道徳感と倫理性の欠如は、元よりはなはだしかった。絶対的強者に、彼らが争えとささやかれたとき、起こる結果は明白だろう。そう、朔は危惧《きぐ》した。

結果は、思ったとおりになった。

永瀬のものたちは、迷いなく泥沼の争いにつき進んだ。

屋敷は空気を変えた。

毎日、邸内ではどこからか悲鳴が聞こえてきた。

藤花《とうか》は耳を塞《ふさ》いでカタカタと震えた。彼女は惨劇に慣れている。だが、人の悪意には強くない。藤花を抱きしめながら、朔は何度も何度もささやいた。

「守るから。おまえは必ず、俺が守るからな」

朔には藤花のために、命を捨てる覚悟があった。だが、その言葉は、彼自身にも薄っぺらいものに聞こえた。自分はなにを言っているのかと、朔は唇を噛《か》みしめた。

具体的にできることなど、彼にはなにもない。

実際、藤花をこの恐ろしい場所から連れ出せてすらいないのだ。

だが、健気《けなげ》にも、藤花は何度もうなずいた。朔に抱きしめられながら、彼女は彼の背中に腕を回した。小さな体で、藤花《とうか》は朔《さく》のことを覆い隠そうとする。そうして必死に、彼女は訴えた。

「僕だって、朔君を守るよ。守るからね」

愛《いと》しいと、朔は思った。

これ以上愛しいものは世界にはない。

藤花と寄り添いながら、朔は思った。

(藤花を失うことがあれば、俺は死のう)


迷いなく、命を断とう。

だが、そうなる前に、彼女だけは守らなくてはならない。


この永瀬《ながせ》に彼自身に。

なにが起ころうとも。


そう、朔は決意を新たにした。

ぎゅっと、彼は藤花を強く抱きしめた。

＊＊＊

そんな、ある日のことだ。

「おじゃまします」

ふたたび、『春の間』に未知留《みちる》が現れた。

くっついたまま、二人は顔をあげる。なんの用かと、朔はいぶかしんだ。

異能の目の力は、先日提供をしたばかりだった。占を行う必要がないときには、朔の力は求められない。そして、永瀬の客の訪れはそうひんぱんではなかった。

ならば、今日は、朔に用はないはずだ。

いったい、彼女はなにをしに来たのか。

うろんな目を、朔は未知留へと向ける。

異様なほどに、彼女は上機嫌だった。針のような朔の視線に、彼女は気づきもしない。踊るように飾り紐《ひも》を揺らしながら、未知留は言った。

「そろそろ、藤花様は必要ありませんね」

そのひと言に、朔は内臓が冷えるのを覚えた。ぎゅっと、彼は腕の中の存在を抱きしめる。

邸内に響く悲鳴を思い返しながら、彼は口を開いた。震える声を、朔は喉奥《のど》から押しだす。

「なにを」

「必要があるというのであれば、自身の能力は有用であると示していただけませんか?」

なにが楽しいのか、未知留《みちる》はけらけらと笑った。朔《さく》は全身の血が下がるような思いをした。

明らかに、彼女の様子は常軌を逸している。

ますます強い力をこめて、朔は藤花《とうか》を抱きしめた。

ぎゅっと、彼女の胸は潰《つぶ》れる。苦しいだろうに、藤花はなにも言わない。

なにかが気にいらないというかのように、未知留は不意に目を細めた。二人の様子に、彼女は苦い視線をそそぐ。それから首を横に振って、未知留は言った。

「朔様に藤花様はふさわしくないと、私はずっと思っていたのですよ。藤咲《ふじさき》の女とはいえ、『かみさま』に選ばれなかった以上、藤花様は劣化品でしょう?」

歌うように、未知留は語った。

朔は目を見開く。

藤花の答えを待つことなく、彼女は言い聞かせるように告げた。

「劣化品には、生きている価値などないものですよ」

「それ以上は殺すぞ」

本気で、朔は殺意を口にした。

『劣化品』である事実は、藤花のトラウマと直結している。無遠慮にそれを抉《えぐ》ってくるものを、彼は生かしておくつもりはなかった。それだけ、朔は藤花のことを大切に思っている。

　だが、うっとりと、未知留はささやくのだ。

「私を殺すおつもりですか？　今の立場で、どうやって？」

　蟻《あり》でもいたぶるかのように、未知留は嗤《わら》った。

　朔は歯を噛《か》みしめる。言われたとおりだ。しょせん、彼は囚《とら》われの身のうえだった。吠える
ばかりで、なにもできなどしない。その事実が、朔には血を吐くほどに悔しかった。

　情けない彼の表情を見て、未知留は満足したらしい。『慈悲深く』、彼女は続けた。

「そんなにがっかりしないでくださいませ。朔様は、私にとって必要な人です。あなたが望む
のならば、私は死んだっていい。本当ですよ？」

　安い言葉を、未知留は並べてみせる。朔は吐き捨てた。

「わかりやすい嘘《うそ》をつくなよ」

「ふふ、残念」

　未知留は口元を押さえた。彼女は楽しげに肩を揺らす。十分に笑ったあと、未知留は藤花に
視線を移した。やわらかく、彼女は唇を歪《ゆが》める。

「さあ、実験をいたしましょう」

「……実験？」

「ええ、『少女たるもの』であり、探偵であるというあなたが本当に役に立つのかの、実験を」

　未知留は甘くささやいた。

ぼんやりと、藤花《とうか》はその言葉を聞く。

嫌悪に、朔《さく》は胃の腑《ふ》が煮えるのを覚えた。

藤花は実験動物ではない。低い声で、朔は尋ねた。

「いったい、なにをするつもりなんだ」

「朔様は黙っていてください。今、私は藤花様と女同士の話をしているんです」

女同士の話。

その言葉を聞き、藤花は朔の腕の中で身じろぎをした。静かに、彼女はなにかを考えこむ。

藤花は目を閉じ、開いた。まっすぐに、彼女は未知留《みちる》を見つめる。

応えるように、未知留は唇をつりあげた。

ひとつ、藤花はうなずいた。堂々と、彼女は続ける。

「受けて立つよ」

「いい返事です」

未知留はほほ笑んだ。

だが、その表情は、
どこか腹立たしそうにも、朔からは見えた。

＊＊＊

「ひとつ、案内したい部屋がございます」

永瀬《ながせ》の深部へと、未知留は進んだ。

その後ろに、朔たちはついて行く。

まず、三人は本物の占女の死体があった大座敷へと向かった。その左手の白壁には、よく見れば隙間がある。確認すると引き戸が設置されていた。中には地下へと続く階段が伸びている。

そこから先には、白には塗られていない空間が続いていた。

辺りは、土壁がむき出しのままにされている。

不穏な空間を見て、朔は察した。

(ここから先に進む人間には、もう『白の盲目』に目覚める必要がないんだ)

おそらく、ここは永瀬の罪人が——殺される人間がつれてこられる場だった。

その証《あかし》のように、階段には点々と血が散っている。

古い黒も、新しい紅もあった。

しばらく進むと、朔は特に派手に血濡《ぬ》れている場所を見つけた。その壁には四角い穴が開いている。切りとられた周縁には、比較的新しい紅がべっとりとついていた。

嫌な予感を覚えながら、朔は首をかしげる。

いったい、これはなにか。

だが、未知留《みちる》は足を止めなかった。自然、朔《さく》たちもそこを通りすぎていく。

そのまま、彼らは階段を左へと曲がった。

「もうすぐですよ」

未知留の言葉どおりだった。

朔たちはひとつの部屋にたどり着いた。

彼は目の前をふさぐ扉を見る。

それは物々しく分厚かった。表面には、鋲《びょう》打ちの装飾までなされている。密封性も高そうだ。

金属製のノブを、朔はつかんだ。ゆっくりと、彼はそれを手前にひく。

瞬間、中から濃厚な血の香りが溢《あふ》れだした。

朔は嫌な予感にかられた。だが、もう、扉は開けてしまっている。

中の光景が、自然と彼の目に入った。朔はあんぐりと口を開けた。

彼の視線は、部屋の中央の汚れた床に釘づけになる。


そこに人の足が落ちていた。

男性の足に、朔には思えた。

「藤花《とうか》、戻ったほうがいい」

すかさず、朔はそう言った。

藤花は惨劇には慣れている。それでも、彼女にはこんな光景をなるべく見せたくなかった。

だが、歌うような軽やかさで、未知留がそれを封じた。

「ほら、ここが『現場』ですよ。さあさあ、調べてみてください」

探偵さんと彼女は囃《はや》す。

明らかな、挑発だった。

だが、断ればどうなるのかは想像すらしたくない。

朔は唇を嚙《か》みしめる。いっぽうで藤花は冷静だった。

「ああ、では、そうさせてもらうよ」

怯《おび》えることなく、彼女は前に出た。数秒、藤花も転がる足を見つめた。だが、彼女は特になにも言わなかった。完全に部屋の中に入る前に藤花は立ち止まる。彼女は分厚い扉を確かめた。

「ああ、やっぱりだ。これは、外側からだけ鍵がかけられる造りになっているね」

「さすが、藤花様。いいところにお気づきになりましたね。そうです。凶行が起きたとき、この部屋は密室になっていました。そうでもなければ、おもしろくありませんものね」

『密室』。

異質な響きに朔《さく》はいらだたしさを覚えた。それは物語のなかでしか見かけない単語だ。霊能探偵ではなく、本物の探偵が扱うべきことがらではないのか。

(藤花《とうか》に、なにをやらせるつもりなんだ)

そう、彼はどなりだしたくなった。

だが、未知留《みちる》は朔の機嫌にかまうことなどない。大きく肩をすくめ、彼女は話を続けた。

「まあ、穴は開いている密室ですがね」

「穴?」

「見せてもらえるかな?」

藤花は尋ねる。

喜んでと、未知留はうなずいた。彼女も部屋の中へと入る。未知留を先頭に、三人は進んだ。

すぐに、未知留は足を止めた。壁の上方に開いた四角い穴を、彼女は指さす。

「あれです。いちおう、役割は通気口ですね」

その形を見て、朔は気がついた。

どうやら、階段途中で見かけた穴はこれらしい。

しかし、その位置が問題だった。

穴の縁には、成人男性でも手が届かないだろう。

そこをくぐるには、人間二人分くらいの背の高さが必要だった。

部屋の中を、朔は見回す。

室内にはひとつ気になる箇所があった。

しきり状に、タイル製の壁が立っている。そのせいで、一部が見えない場所とされていた。

だが、その向こう側に、ハシゴや便利な道具のたぐいが隠されているとは思えない。

朔は納得する。

『だから』、未知留は部屋を『密室』と称したのだろう。

だが、中で起きたという『事件』に、穴が無関係かと言えば——そうではなさそうだった。

穴の周辺から下の壁面にかけては、べったりと血で汚れているのだ。

凄惨《せいさん》な痕《あと》を見つめて、藤花はささやいた。

「血がついたなにかで、派手にこすったような汚れかただね」

「部屋には足が落ちていた。あれを切断した加害者が、血濡《ぬ》れた服を着たまま、通気口まで登ったんじゃないのか？　壁につかめる部分はないから、どうやったかはわからないけれども」

「うん、室内には通気口までたどり着くための道具はなさそうだね。それに、この血液の量……服についたものが移ったくらいではこうはならないよ」

眉根《まゆね》を寄せつつ、藤花は言った。彼女は穴から離れる。

ひとまず、その謎《なぞ》は棚上げしておくことにしたらしい。

うなずきながら、朔《さく》も後に続く。

まずは、『事件』を確認しなくてはならなかった。

＊＊＊

足の持ち主は見えない。

怪しいのは、しきりだ。

その証拠のように、部屋には新しい血の跡が残されていた。それはしきりの向こう側に続いている。広い室内を、朔たちは移動した。

しきりに近づくにつれ、むせかえるほどに血の匂いは濃くなっていく。

その背後には、なにがあるのか。

覚悟を決めて、朔は覗《のぞ》きこんだ。

そこには、陶製の浴槽が置かれていた。排水口も、汚れたシャワーも設置されている。ここは水を浴びられるスペースになっているらしい。

だが、今、浴槽の中には男の死体が倒れていた。

彼は裸だ。青ざめた体は、自身の血液の中に浸かっている。

胸元から腹までが、おおきく裂かれているようだ。さらに足だけでなく、左腕が肩口から切断されていた。男性の死体の損傷を見て朔は疑問を覚えた。

（血液の中に、左腕が沈んでいるようには思えない。腕はどこに消えたんだ？）

朔は辺りを見回す。

だが、やはり、左腕はなかった。

代わりに、凶器は見つけられた。

排水口近くに、巨大な肉切り包丁が落ちている。他にも数種の刃物がバラバラに散っていた。使われたものもあれば使われなかったものもあるらしい。刃の汚れかたには差異が見てとれた。

また、もうひとつ死体があった。

しきりにもたれるようにして、女性が殺されている。

彼女も裸だ。その胸はナイフで刺されている。乳房の下から、短い柄が生えていた。

また、生前に、相当強い力で殴り飛ばされもしたようだ。顔には痛々しい痕《あと》が残っていた。

頬《ほお》の骨が陥没しているらしい。輪郭が歪《ゆが》んでいた。

二体の残酷な死体を前に、朔は言葉を失った。

だが、藤花《とうか》は状況を確認するようにささやいた。

「これで、部屋はひととおりの確認が済んだね」

ハッと、朔はうなずく。

他に、見ていないものはなさそうだ。

確認の結果、疑問もいくつか浮かんだ。


男性の左腕はどこへ消えたのか。

その損傷はなんのためなのか。

やはり、脱出に使えそうなものはなかった。

犯人はどこへ行ったのか。


朔《さく》たちが部屋を回ったのを見てか、未知留《みちる》はさえずった。

「私は通気口の穴を外から眺めていました。部屋の外の人間が閉じこめられた人間を助けるなどの奇跡は起きていません。私どもは、朔様たちが来るまで、扉を開くこともしていません。さて、犯人はどこにどうやって逃げたのでしょうか？　そして、ここに倒れている彼と彼女はどうやって死んだのでしょうか？」

なめらかに、未知留は問いかけた。だが、声は笑いをふくんでいる。彼女には真剣に犯人を捜す様子はなかった。おそらく、中から逃げおおせた人物を、未知留はもう確保しているのだ。

朔は苦いものを覚えた。

つまり、これは茶番だ。

だが、藤花《とうか》は惨劇に向きあうと決めたらしい。小さくうなずき、彼女は背筋を伸ばした。

パンッと、藤花は黒の洋傘《ようがさ》を開く。

それを背中に飾り、彼女は朔を見つめた。彼も彼女を見つめかえす。

朔の目は、鏡のように藤花を映した。

腕を広げて、彼女は言う。

「――――おいで」

二体の白い肉塊が現れた。

生前の姿からは変わり果てたそれを、朔は目を細めて眺める。

男と女の霊だ。

二体はふよふよと跳ねた。だが、それだけだ。彼らには怨《うら》みの対象がわからないらしい。

二人の動きにはとまどいが見えた。

特に、女の霊は、男の霊の周りを跳ねることばかりをくりかえしている。

やがて、霊はふっと消えた。どうやら、やるべきことが見つからなかったようだ。

この反応も当然かと、朔は思う。

なにせ、二人を直接的に殺した犯人は逃げている。怨みをぶつける術《すべ》がない。だが、

(女の霊の動きは……なんだか、少しおかしかった気がするな)

「なるほど」

藤花《とうか》はうなずいた。彼女は洋傘《ようがさ》を閉じる。続けて藤花はクラシカルなワンピースの袖《そで》をめくった。いったいなんのためかと朔《さく》は首をかしげる。彼が見ている前で藤花は思わぬ行動にでた。

突然、彼女は浴槽にたまった血液に手を突っこんだのだ。

「お、おい、藤花!?」

驚いて朔は声をかける。

だが、藤花は応えない。

ぬめる紅色の中を、彼女は執拗《しつよう》に探っていく。やがて満足したのか、藤花は手をひき抜いた。

「………やはり、『これ』もない、ね」

なにがわかったのか、藤花はうなずいた。腕を振り、彼女は血を払う。

そして、藤花は未知留《みちる》のほうを振り向いた。黒いワンピースの裾《すそ》を揺らして、彼女は言う。

「この部屋には殺された二人に加えて、最低でもあと二人、人間がいたね。おそらく、女性だ」

薄く、未知留は笑った。

淡々と、藤花は続ける。

「密室も謎《なぞ》も、なにもない。答えはごくごく単純だよ」

そして藤花は謎解きをはじめた。

簡単で、おぞましい、謎解きを。

＊＊＊

「まず、部屋を閉じよう」

なにがあったのか、藤花は推測を開始した。

物語でもつむぐように、彼女は続けていく。

「開ける予定がないのならば……そうだな、毒殺がいい。空気より重いガスを使って、時間がきたら全員を殺すと宣言するんだ。通気口はあるが、位置が高すぎるため邪魔にはならない。だが、殺しあいをして、生き残った一人だけは助けてやるとでも言っておこう——ちなみに、この予測の詳細については多少異なっていてもかまわない」

ああ、と朔はうなずいた。

ここは永瀬《ながせ》の罪人が連れてこられる場だ。

処刑に準ずる内容は行われたことだろう。

残酷な条件をつきつけられ、罪人たちはどうしたのか。

「結果、まず、男性が女性を殺した。顔の陥没痕を見るかぎり、彼女は相当強い力で殴りつけられている。犯人はあの男性だろう。他にも『男性』がいた可能性については、僕は低いと考える。不意打ちは最初の一回しか行えない。そこで、彼は女性を選んで殺している。脅威度が高く、優先して排除するべき『他の男性』はいなかったんだろう……そうして、あの女性の死体は生じた」

未知留《みちる》に『この部屋には殺された二人に加えて、最低でもあと二人、人間がいたね。おそらく、女性だ』と語った理由を、藤花《とうか》は述べる。

先ほど、朔《さく》の覚えた違和感も解消された。

だから、女性の霊は男性の霊の周りを跳ねていたのだ。

自分の復讐《ふくしゅう》すべき相手がすでに死んでいたから。

状況に追いつめられて、男性は女性を殺した。

続けて、それからなにが起こったのか。

「残りの女性たちは全滅の危機を覚え、結託して男性を殺した。これでふたつ目の死体は生じた。その後、彼女たちは殺しあうよりも、脱出の道を選ぼうとしたんだろう。通気口の位置は高い。だが、一人が一人を肩車すれば届くだろう。しかし」

そこで、藤花は言葉をきった。朔は想像する。

一人が一人を肩車して逃がせば、どうなるか。

「それでは、もう一人が取り残されてしまう。ならば、どうすればいいのか。ハシゴなどもなければ、衣服すらとりあげられている――答えが、あの男性の死体の損傷なんだよ」

意味がわからなかった。

朔は首をかしげる。

男性の損傷が、脱出とどう関係があるのか。

藤花は、血にまみれた片手をあげた。美しい指先から、ぽたりと紅いしずくが垂れる。

静かに、藤花は語った。

「あの男性の内臓には腸がなかった。彼女たちは腸を切断し、男性の片腕に何重にも巻きつけ、即席の重りつきのロープを作ったんだ。足も一応切ったが、最終的には腕のほうを選んだらしいね。ロープを垂らし、もう一人は助走をつける。そして壁を蹴《け》り、死肉をつかんで一度だけ体を支えられれば、通気口には手が届くだろう。ロープの強度に不安はあるが、一瞬の衝撃だ。彼女達は賭けに勝った。その後、ロープは巻きとられ、部屋の外に消えたんだ。通気口下に残っていた不自然な量の血の痕跡《こんせき》は、そのときついたものだよ」

朔は吐きかけた。

人の内臓と片腕を使い、このままだと死が待つ部屋から逃げだす。

ぬめる血に必死にあらがいながら死肉をつかみ、生きようとする。

それは、地獄だ。

まぎれもなく、地獄ではないのか。

ぐっと、朔は胃液を呑《の》みこむ。

「お見事」

涼やかな声が、彼を現実にひきもどした。

軽やかに、未知留《みちる》は拍手をする。

どうやら大筋において、藤花《とうか》の推測は当たっていたらしい。

朔《さく》のその考えを裏打ちするように、未知留は言った。

「こまかなところは違いますが、さすが、『少女たるもの』ですね。おおまかなところは当たっています。褒《ほ》めてさしあげますよ」

それなりに本気で感心している様子で、彼女は続けた。

だが、当然、藤花は喜ばない。固い表情で、彼女は問いかけた。

「ロープは、処刑にたずさわったものたちが回収したんだろう。そうでなくとも、君は階段からすべてを見ていたと先ほど語った。つまり、この逃走劇はバレている。逃げることに成功した女性たちは、再び捕らえられた後どうなったんだい？」

「当然、『殺しなおしました』よ。だって、彼女たちは永瀬《ながせ》に見切りをつけ、逃亡しようとしていたものたちですもの。死こそが、当然の罰でしょう？」

「人の命を……」

絞りだすように、朔はうめいた。割れそうなほどに強く、彼は奥歯を嚙《か》みしめる。

「うん？　なんですか？」

やさしく、未知留はうなずいた。その様は幼子に言葉をうながすかのようだ。

そんな彼女を見つめ、朔は拳《こぶし》を握りしめた。心からの叫びを、彼は吐きだす。

「人の命を、なんだと思っているんだ！」

「なんとも」

するりと、未知留は答えた。

淡々と、いっそおだやかに。

朔は息を呑《の》んだ。今の未知留には表情というものがない。その目には愉悦も嘲笑《ちょうしょう》も、なにも浮かんではいなかった。ただ仮面じみた顔をして、未知留は告げる。

「なんとも思っていませんよ。本当に大切なものなんて、誰でもたったひとりだけ。それ以外はみんな塵芥《ちりあくた》ですからね」

「それで、おまえは自分が大切なのか」

彼女の業を、朔は糾弾する。

未知留は吹きだした。ゆっくりと、彼女は女の笑みを浮かべる。白い指で、未知留は己の頬《ほお》をするりと撫《な》でた。そして、彼女はうっとりと囁《ささや》く。

「かわいいことをおっしゃいますね」

「未知留君」

そこで、藤花は口を開いた。

凛《りん》と彼女は未知留《みちる》をにらむ。

美しく険しくまっすぐに。

『少女たるもの』は告げた。

「君は僕の敵だね」

少しだけ。

少しだけ、未知留は驚いた顔をした。

それからなぜか、彼女は嬉《うれ》しげに笑った。

「光栄ですよ」

未知留は優雅な礼をする。

そうして、彼女はきびすを返した。

朔《さく》と藤花《とうか》のことも、彼女は部屋から追いだす。

未知留《みちる》は、死体のある部屋を閉じた。

音を立てて地下の惨劇は封じられる。

まるで、なにもなかったかのように。

固く、固く。

間話

異能の一族は、歪《ゆが》んでいる。
同時に彼らの思考は単純だ。

絶対的象徴にだけは生きる価値がある。
だが、それ以外は誰であろうと塵芥《ちりあくた》だ。

彼女は親から愛されなかった。それだけならば、ありふれた悲しみにすぎない。だが、劣化品とわかったあと、彼女の扱いは一族の中でも地に堕《お》ちた。異能をもつだけ、彼女は有用なはずである。それでも、端的に言えば、彼女はいつ、どのように殺されてもおかしくはなかった。

異能の家に生まれるとはそういうことだ。
神様のようなひとり以外は軽んじられる。

へたをすれば蟻《あり》のように潰《つぶ》され、排斥された。

人でないものは、崇《あが》められるか、
そうでなければ貶《おとし》められるかだ。

いつでも、彼女は蔑視の視線の中を生きてきた。

藤咲朔《ふじさきさく》はそんなことは知らないだろう。だが、彼女はその人生の大半を怯《おび》えてすごしてきたのだ。一歩間違えば、彼女は殺されていてもおかしくはなかった。だが、彼女は死にたくなかった。生まれたかぎりは生きていたかった。なによりも、彼女には藤咲朔という人がいたのだ。

彼の存在を残して、死ぬことなどできなかった。

だから、彼女は必死に生きぬいた。浅ましくも、醜くも、生にしがみついてきた。
それを彼女は恥じる気はなかった。誰に後ろ指をさされようとも、謝る気もない。

少女たるもの、傲慢《ごうまん》であり、
少女たるもの、切実だった。

少女のままに、死にたくはなかったからだ。

ああ、しかし、彼女は。
劣化品ではあるものの。
『少女たるもの』と、名乗るには。
資格などないかもしれなかった。

第四の事件　ほんもののくび

二人の交わしたものは少女の言葉だ。

または、女の言葉でもあった。

朔《さく》には尋ねることを許されない領域での会話だった。

だが、彼はその詳細を尋ねることはひかえた。誰かに語られずとも、朔は察していた。

そう、朔には思えた。

二人のやりとりには、言葉以上の意味がある。

そう、未知留《みちる》は応えた。

『光栄ですよ』

そう、藤花《とうか》は言った。

『君は僕の敵だね』

無遠慮に、間に入ることなどできはしない。

また、あのやりとり以降、未知留は藤花を試そうとはしなくなった。

藤花の宣言により、未知留の中でなんらかの認識が変わったのを、朔は感じていた。いい変化といえる。それが起こらなければ、おそらく、残酷な実験はくりかえされていたことだろう。

あんな茶番じみた事件を突きつけられ続けては、朔の精神のほうが危うい。


かくして、歪《いびつ》ながらも朔たちの日々は安定した。

『春の間』で、二人は監禁されたままずごした。

外では雪が降り続いている。

なにもかもが、静かだった。

まるで、起きたことのすべてが嘘《うそ》であるかのように。


そんな、ある日のことだ。

＊＊＊

また、永瀬《ながせ》の勢力図には変化が生じたらしい。ようやく、未知留《みちる》は信頼できる人間を見定めたようだった。結果、『春の間』には専門の護衛という名の、警備役がついた。

白い作務衣《さむえ》に身を包んだ、短髪の若者だ。彼は朔《さく》たちの前で膝《ひざ》をついた。

「永瀬の甲斐羅《かいら》と申します。未知留様に、おひきたてをいただきました。今後、朔様と藤花《とうか》様のお世話をさせていただきます。俺のようなゴミに、ありがたいことですよ」

流れるように、彼は言った。

『ゴミ』と、朔はくりかえした。妙に、自己肯定感の低さにあふれるあいさつだ。どう答えるべきか、朔は迷った。一方で、藤花は流れるように問いかけた。

「彼女への好意が感じられるね。君は未知留君のことが好きなのかな?」

「もちろん!」

元気よく、甲斐羅という青年は答えた。

思わず、朔が驚くほどのいきおいだ。

薄茶の目を、彼はキラキラとかがやかせた。両のこぶしを固めて、甲斐羅は言いつのる。

「聞いてくださいよ、尊いお客人がた。俺は永瀬の中では、もっとも、ドン底に低い地位の生まれだったんです。今までは、それはひどい暮らしをしてきたんですよ」

そう言われて、藤花は目を細めた。察したというように、彼女はささやく。

「……つまり、永瀬の一族の中には、統制のための階級制度が設けられていたわけか。でも、君は最底辺の立場から、未知留君のおかげで救われた。そういうことなのかな？」

「そうです！　未知留様は虐げられていたものにたいしてお優しいのです！　俺のような『人ではない』とされてきたものすらも、助けてくださった。未知留様のおかげで、俺はまともな飯も食べられるようになった。ありがたいことですよ。本当に、ありがたい」

そこで、甲斐羅は一度言葉を止めた。彼は息を吸って、吐く。

おそろしいほどに真剣な口調で、甲斐羅は続けた。

「俺は未知留様のためならば、なんでもやりますよ」

その言葉に、朔は意外なものを覚えた。

彼からすれば未知留は残酷無比な女に見えた。だが、どうやらそれだけではないらしい。聞けば、彼女は一族の中で不当に扱われてきたものたちを中心に、支持を集めているようだ。

どうやら、甲斐羅はその筆頭のようだった。

じっと、藤花は彼を見つめた。ぱちぱちとまばたきをしたあと、彼女は口を開いた。

「うーん、君は朔君に、体格や髪の色が似ているね」

「そうですか？　未知留様の大切なお客人に似ているとは、ありがたいことですね」

髪を掻《か》きながら、甲斐羅は応えた。

言われて、朔もまじまじと彼を眺めた。

確かに、甲斐羅《かいら》は朔《さく》に体格などが似ている。

二人は見つめあった。

それから、甲斐羅と朔は特に意味もなくうなずいた。

＊＊＊

甲斐羅が警備について以来、朔と藤花《とうか》の処遇には変化が生じた。

二人には散歩が許されるようになったのだ。

白一色の部屋にいると、どうしても頭がおかしくなりそうになる。未知留《みちる》の方針の変化は、朔にはありがたかった。もっとも、庭に降りたところで見えるのは雪景色ばかりではあったが。


今日も、朔と藤花は外を歩いていた。


そばには甲斐羅がついている。逃げることは厳しかった。

なによりも、二人が逃走すれば甲斐羅の首が落とされる可能性が高いだろう。これ以上、死人がでるような事態は避けたい。そう、朔と藤花は考えていた。ならば、無茶などできない。

諦《あきら》めて、二人は雪の中をさくさくと歩いた。

後ろから、甲斐羅が心配そうに言う。

「藤花様、足元には気をつけてくださいね」

「うん、ありがとう。でも転んだら、朔君が抱きとめてくれるから大丈夫だよ」

「そう、藤花を守るのは俺の役目だからな」

「ううん、僕の彼氏はすぐに人前でノロけるなぁ」

「ははっ、いいですね。お二人の関係を、俺はすてきだと思いますよ。いいかたが、いいかためぐりあって、惹《ひ》かれあう。御伽噺《おとぎばなし》のように、すてきなことですなぁ」

そう、甲斐羅はかんらかんらと笑った。

おおいに、朔と藤花は照れる。

「なんだろう、そう言われると照れてしまうね」

「うん、本当に」

「照れなくともよいではないですか。お二人は本当にすてきな恋人同士ですよ」

甲斐羅は明るく言う。状況の不穏さは変わらない。だが、彼は気持ちのいい若者だった。

なごやかに、三人は歩き続ける。

途中、また雪が降ってきた。甲斐羅の作務衣《さむえ》姿を見て、藤花はたずねる。

「君は寒くはないのかい？」

「俺はもっとボロを着て、ほぼ裸で日々をすごしていましたから。今はぜんぜん」

「本当に大変だったんだな。ひどい話だ」

「ははっ、なんの、なんの！　そのおやさしいお言葉だけでも、俺の百年の苦労もむくわれるというものですよ！」

甲斐羅《かいら》は笑ってみせる。だが、笑い話ではないと、朔《さく》は思った。

誰の目から見ても明らかなことだ。

（永瀬《ながせ》は歪《ゆが》んでいる）

人を殺す恐ろしい面だけではない。

もっとささいな、根源的部分から、永瀬は腐敗していた。

だが、それを指摘する人間はここにはいない。

甲斐羅自身にも、本当の意味で理解はできていないだろう。

朔は首を横に振った。

甲斐羅は不思議そうな顔をする。

「どうかなさいましたか、朔様？」

「いや、なんでもない」

「そうですか……なにもなければいいのですが。お気に召さないことがあれば、すぐ俺に言ってくださいね。できるだけの対処はさせていただきますので」

「ありがとう……甲斐羅は仕事熱心だな」

「そりゃ、未知留《みちる》様のくださったお役目ですから！」

甲斐羅は胸を張った。朔は彼に温かな視線を投げる。

話しながら、三人は石灯籠《いしどうろう》の並ぶ庭まできた。

今は中に火はいれられていない。ただ、濃厚な灰色が列をなしている。

その奥には墓の群れと、蓋《ふた》をされた古井戸があった。永瀬の死を埋めるための場は、沈黙の中に浸かっている。そちらへと視線を向けて、朔は首をかしげた。

墓石は、重く、深く、雪をかぶっている。

そして古井戸の前には、丸まった背中がいた。

木の蓋も開かれている。男は体をかたむけて、古井戸の中を漁《あさ》っていた。その周りには、この寒さだというのに立ち昇るようないきおいで蝿が湧いている。不快な羽音が耳を刺した。

朔は眉根《まゆね》を寄せる。

（………なんだ？）

こんなところで、男はなにをしているのか。

そう、朔が思ったときだ。

吠えるように、甲斐羅が声をあげた。

「こら、なにをしているんだ！」

「うん？」

古井戸をのぞいていた男は振り向いた。

朔《さく》はぎょっとする。彼は手に巨大な肉切り包丁を持っていたのだ。

先日の事件を、朔は思いだした。死体の切断を、彼は自然と連想する。

一方、甲斐羅《かいら》は男の武装を恐れようとはしなかった。ずかずかと、彼は相手に近づいていく。

肉切り包丁を、甲斐羅はまたたく間に取りあげた。さらに、彼は大声で相手をしかりつけた。

「古井戸でなにをしているんだ！　ここは台所ではないのだぞ！」

「おいおい、俺は『今日のぶん』を取りにきたんだが、未知留《みちる》様にうかがってはおらんのか？」

「……未知留様に？」

甲斐羅は首をかしげた。彼は思い当たる節はないという顔をする。

一方で、男はハッと己の口を覆った。辺りを見回し、彼はいぶかしげにささやく。

「いや、先んじて聞かされていないと言うことは……もしや、もしや、これは勝手に俺が話してはならないことなのか？」

「どういうことだ？」

「ええい、どちらにしろ、もう間にあわん！」

突然、男は乱暴な行動にでた。ドンッと、彼は甲斐羅を押した。甲斐羅は尻もちをつきかける。だが、なんとか踏みとどまった。そのすきに男は獣のごとく駆けだした。嵐のようないきおいで、彼はいなくなる。あとには、蠅《はえ》と古井戸だけが残された。

左右に、甲斐羅は首を振った。渋面を作って、彼は言う。

「やれやれ、なにがなんだか」

「甲斐羅、大丈夫か?」

「ご心配ありがとうございます、朔様。俺なら平気です」

「あれは、なんだったんだろうな?」

「さあ、俺にもさっぱりですよ」

甲斐羅は肩をすくめる。

朔にもまた、なにがなんだかわからなかった。

ただし、藤花《とうか》は違うらしい。

「……藤花?」

「……うん」

藤花は一定以上事態を把握できているようだ。考えこみながら、彼女は目を細める。

遠くを眺め、藤花は不思議そうにささやいた。

「いったい、『なにに使う』つもりだったんだろう?」

「藤花……それ、なんの話だ?」

「……言わないでおくよ。気分が悪くなるかもしれないからね」

藤花は首を横に振る。

重ねて尋ねようか、朔《さく》は迷った。だが、彼女の様子を見て口を閉ざす。藤花《とうか》がそう言うのだ。理由はあるのだろう。なによりも、彼女は固い表情で言葉を拒んでいた。

以来、藤花は何も話そうとはしなかった。

＊＊＊

「それでは、お疲れ様でした！」

「甲斐羅《かいら》も護衛、ご苦労様な」

「なんのこれしき！　俺も楽しかったですよ！」

甲斐羅は手を振る。朔と藤花は手を振り返した。そうして、襖《ふすま》を閉じる。

二人は散歩から帰った。

『春の間』に、彼らは落ち着く。暖かい場で、二人は手足を伸ばした。両手を広げて、藤花はだらしなく大の字になる。朔もその隣に並んだ。しみじみと、藤花は言う。

「外を歩けるようになったのは、いいことだね」

「ああ、そうだな」

「このまま、平和な時が続けばいいのに」

「本当に、な」

「でも、……無理なんだろうね」

「えっ？」

朔が問い返したその時だ。

すぐに、平穏は崩された。

太い悲鳴が聞こえてきたのだ。

ゆっくりと、藤花は体を起こす。朔は襖を薄く開いた。廊下に立つ甲斐羅に、彼はたずねる。

「今のはなにがあったか、わかるか？」

「いいえ、わかりません。俺が確かめてきます。朔様、藤花様は中にいてください」

慌てて、甲斐羅は状況を確かめにいった。後には、誰もいない廊下が残される。

置いていかれるということは、朔たちは一定以上、信頼されているものらしい。

だが、甲斐羅を裏切るわけにはいかなかった。逃げることなく、二人は待つ。

やがて、甲斐羅は戻ってきた。なぜか、彼は困った顔をしている。

甲斐羅のとまどいを察して、朔は尋ねた。

「なにがあったんだ？　てっきり、俺はまた誰かが死んだのかと……」

「いえ、そういうわけではございません。悲鳴は、永瀬《ながせ》の本物様を信奉していた、当主の男のものでした。しかし……それが……」

「どうしたんだ？」

「彼は藤花《とうか》様を呼んでいるのです」

予想しない言葉に、朔《さく》は面食らった。いぶかしげに、彼は問いかける。

「藤花を？　なぜ？」

甲斐羅《かいら》は、意味なく両手を動かした。もごもごと、彼は口を動かす。

その理由を、甲斐羅は迷いながらも説明した。

「当主はあるものを探しているというのです……そして、未知留《みちる》様の手のものは信用できないから、藤咲《ふじさき》の力を借りたい、と」

「彼はなにを探しているんだい？」

おだやかに、藤花がたずねる。

相変わらず困った様子で、甲斐羅は口を開いた。

そのわりに彼はあっけらかんと言葉を口にした。

残酷で、
どこか滑稽《こっけい》な答えを。

「本物様の首を」

＊＊＊

永瀬《ながせ》の本物と未知留。

その入れ替わりを、藤花が指摘した後のことだ。
やはり本物の首は袋の中から見つかったという。

自分たちが守るべきものの首を切り落としてしまった。そう判明したとたん、永瀬の当主は正気を失ったようになったらしい。それもまた、未知留の台頭の理由のひとつになったようだ。

以来、当主は本物の首を離そうとはしなかった。
彼は崩れていく肉塊を強く抱えて、生きてきた。

だが、今朝、目覚めると、首がなかったというのである。

当主は暴れているらしい。彼は未知留に首を盗られたと訴えているという。
だが、未知留は笑うばかりらしい。そして当主は藤花の娘に解決を頼んだ。

「未知留《みちる》様も、介入を許可なさっています。どうなさいますか？」

「お受けするよ」

甲斐羅《かいら》に問われて、藤花《とうか》はすぐに応えた。

朔《さく》は驚いた。

この事件も、また霊能探偵の領分とはとても言えない。まさか、彼女が受けるとは、彼は予想しなかったのだ。藤花のワンピースの裾《すそ》をひいて、朔はたずねた。

「藤花、大丈夫か？　無理してないか？」

心配になり、朔は真剣な声をだす。

藤花は暗い表情を浮かべた。だが、気丈に、彼女は首を横に振る。

「ううん、僕は平気だよ。このまま放っておいては、あまりにも彼があわれだからね」

彼が誰かを、なにが哀れなのかを、藤花は言わない。

ただ、彼女の口調はひどく悲しそうだった。

「それでは藤花様、こちらへ」

「ああ、わかったよ」

甲斐羅の案内で、藤花は歩きだす。その場に残されそうになって、朔は慌てた。

今の永瀬《ながせ》は異常な場所だ。彼女を一人にはしておけない。即座に、朔は言った。

「待て、俺も行く」

「ついていらっしゃりたいのでしたらご自由にどうぞ。未知留様もそうおっしゃっていました」

甲斐羅の言葉に、朔はうなずいた。

藤花について、彼もまた当主の下へと向かった。

＊＊＊

かすれた声が聞こえた。

うらめしそうに、
憎らしそうに、
それは響く。

必死になって、老人は女に訴えた。

「首を、私からなぜ、本物様の首を奪った。せめて、それぱかりはと抱えていた首を。それさえも、お前はなぜ、盗むというのか」

「さあ、私はなにも知りませんから」

ころころと、未知留は笑う。

彼女は、つかみかかってくる当主の指をかわした。皺《しわ》まみれの手が宙を掻《か》く。からかうように、未知留はひらり、ひらりと逃げた。死にものぐるいで、当主は追いかける。

その様は、まるで蝶《ちょう》と猿だ。

むなしい、鬼ごっこは続いた。あきらかに、未知留《みちる》は老人を手玉にとって遊んでいる。見ていられないと、朔《さく》は目を背けた。小さく、藤花《とうか》は咳《せき》ばらいをする。

バッと、当主は二人のほうを向いた。鬼のように歪《ゆが》んでいた顔を、老人はわずかに柔らかく緩める。当主はかすかな笑みを浮かべた。すがるように、彼は言う。

「おお、藤咲《ふじさき》のおかた」

「お役に立てることもあるかとおじゃましました……やはり、お歳をめした方の部屋ですね。ここは十分に暖められている」

辺りを見回し、藤花は言った。そうだなと、朔もうなずく。

『春の間』もだが、意外なことに永瀬《ながせ》の暖房設備は最新に近いものがそろえられていた。この部屋も暖かい。見えない位置に、温風機具がしこまれているらしかった。

老人の体に、障らないようにするための措置だろう。そう、朔は思った。

だが、その事実に対し、藤花はますます悲しそうな顔をした。

なにか問題でもあるのかと、朔は首をかしげる。

老人に、藤花はやさしく尋ねた。

「本物様の首はどんな状態で、どのタイミングで消えたのですか？」

「あのお方の首は腐り果てていましたが、まだ全体に肉は残った状態でした」

それを聞き、藤花はわかっていたというようにうなずいた。

本物の首の状態を、彼女は聞かないままに予想していたらしい。さらに、老人は続けた。

「そして、私が毎日の薬を飲んで寝ている間に消えたのです」

当主は薬を飲んで深く眠る。そのあと、起きてみたら異変が起きていた。寝ているあいだ抱きしめていた、本物の首が消えていたのだ。未知留が盗ったのだと、彼は思ったという。

それを聞き、未知留は華やかに声をあげた。

「まったく。人のことをそうもかんたんに疑うとは！」

「うるさい！　私の首を返せ！」

老人は叫ぶ。

形のいい歯を見せて、未知留は挑発するように笑ってみせた。

朔は目眩《めまい》を覚える。

首。

首。

（首）

それを抱えていたのも、

奪われたのも、

求めるのも、

なにもかもが異常だ。

老人の訴えに、未知留《みちる》は優雅な礼をかえした。唇を歪《ゆが》めて、彼女はささやく。

「誓いますとも。私は今日、本物様の首を奪ってなどおりません。これは誓って本当です。ええ、これが嘘《うそ》だったのならば殺してくださってもかまいませんよ？」

「それは誠か？　本物様に誓えるか？」

「本物様にでも、神様にでも、いかようにも誓いましょう」

朔《さく》は目を細める。

そこまで、未知留は言いきった。


ならば、彼女は犯人ではないのだろうか。

ならば、誰が首を奪ったのか。


他に首をとるものなどいないだろうにと、朔は疑問にかられる。

一方で、藤花《とうか》には答えがわかっているらしい。彼女は深くため息をついた。藤花は静かな視線を当主にそそぐ。彼女は何かを迷った。だが、最後には決断したようだ。

『少女たるもの』は口を開く。

「本物の首は『もうないよ』」

藤花は断言する。

さらに、彼女は残酷な事実を続けた。

「ご当主が愛《め》でていたものは、ずっと昔から『本物の首ではなかったんだ』からね」

＊＊＊

沈黙が落ちた。

当主はなにを言われたのかわからないという顔をしている。

朔にも理解ができなかった。

藤花の言うとおりならば。

（彼の愛でていたものとはなんだったのか）

「まず、問題となるのは部屋の温度だ。永瀬《ながせ》の本物が死んで、何日が経ったと思うんだい？　天然の冷蔵庫の外ならばともかく、この暖かい部屋の中で『全体に肉がついている』状態で、首を長く保てるわけがないだろう？」

だが、と朔は思う。

老人の抱えた首には肉がついていた。それはおかしい。

つまりは、

「君の首は今日奪われたわけじゃないんだ。今までも定期的に、入れ替えられていたんだよ。だが、今日はそれができなかったんだ」

藤花《とうか》は言う。

流れるように、彼女は今朝あったことを解体していった。

「永瀬《ながせ》の墓地の墓石のうえには重く、深く、雪が積もっている。最近、人が立て続けに殺されているというのに、新たな石が置かれた様子はない。代わりに、古井戸の中からは大量の蠅が立ち昇っていた。そこから、僕は推測したんだ。永瀬の新たな死体は、とりあえずあそこに入れられているんだろうとね」

朔《さく》は目を見開いた。もう、吐き気も、動揺も覚えない。それだけ、永瀬で起きたできごとの数々は、彼の倫理観を麻痺《まひ》させていた。だが、死体に対し、その扱いは冒涜《ぼうとく》的と言えるだろう。

「そして『肉切り包丁』を手に、朝、あそこには男がいた。彼を見た瞬間、僕は『人体の一部』を取りにきているのだろうと予測した……『なんのため』かは、当時はわからなかった」

ひと息に、藤花は語った。

それから、彼女は悲しそうにため息を吐《つ》いた。

「それが君の首の替わりだったとはね。ちなみに、首に『肉がついていたこと』が事前に予測できたのは、外の気温と、古井戸内の手が届く範囲に重ねられているであろう死体の腐敗具合いを、以前、人が殺されたときの経過日数から判断したからだよ」

藤花は言う。ならばもう、答えは見えていた。

古井戸を覗《のぞ》いていた男の言動を朔は思いだす。

『おいおい、俺は「今日のぶん」を取りにきたんだが、未知留《みちる》様にうかがってはおらんのか？』

『いや、先んじて聞かされていないと言うことは……もしや、もしや、これは勝手に俺が話してはならないことなのか？』


つまり、犯人は当主の予想で間違いはなかったのだ。

未知留は当主の持つ首を、定期的に入れ替えていた。


一人に奪わせては、もう一人に替わりの首を届けさせていたのだ。だが今朝は甲斐羅《かいら》とのトラブルがあり、替わりの首は間にあわなかった。首が届く前に、当主は目覚めてしまったのだ。

それが、本日の事件の真相だった。

（ただし、彼女は誓いも破ってはいない）

『今日』は、未知留は本物の首を奪ってなどいなかった。

それが奪われたのは、今日よりもずっと前だったのだから。

だからといって、首の入れ替えの事実がなくなるわけではない。

なぜ、そんなことをしたのか。

全員の視線が、未知留《みちる》に集まる。

なんのために、彼女は本物の首を奪ったのか。

しかも、定期的に入れ替えまでしていたのか。

つばを呑《の》みこみ、朔《さく》は彼女の答えを待った。

それが善意からの行為ならば許しようもある。本物の髪や肉が失われていくことを憂いた老人の精神を支えるためだったのだと。そう語ってくれれば、まだ、人の心として理解ができた。

だが未知留はにぃっと笑った。

唇を歪《ゆが》めて、彼女は告げる。


「だって、滑稽《こっけい》だったのですもの」


それは最悪な答えだった。

当主が、凍った声をだす。

「……滑稽？」

「心から大切なものが定期的に入れ替えられている。『大切なもの』と謳《うた》いながら、見る影もなく腐っているから、本当は直視などしておらず、入れ替えられていることにすら気づかない。

そして、ずっと違うものを愛《め》で続けている。それが、あまりにもおもしろかったのですから」

高い声で、未知留は笑った。

口元を押さえて、未知留はいたずら好きの少女のように言った。

そして、未知留は彼女は下品に吹きだす。

「楽しかったものですから、つい続けてしまったのです。ああ、おかしい。おもしろい！」

腹を抱えて、未知留は笑った。

笑いすぎて浮かんだ涙を、彼女は指でぬぐう。

瞬間、当主はぶるぶると震えだした。彼は自身の頭を搔《か》く。

朔はぎょっとした。

割れた爪《つめ》に裂かれて、老人の肌からは血が流れだした。だらだらと、彼の顔面を紅が垂れていく。さらに、当主は慟哭《どうこく》とも悲鳴ともつかない声をだした。

「おっ、おっ、おっ」

「あらあら、どうなさいましたか？」

「おまえはあああああああああああああっ！」

叫ぶと、老人は未知留につかみかかった。だが、手が届く前に、彼は甲斐羅《かいら》に突き飛ばされる。もう一度、当主はいどみかかろうとした。だが、その前に甲斐羅が立ちふさがる。

当主はとても無理だと悟ったらしい。とたん、老人は向かう方向を変えた。

いきおいよく、彼は襖《ふすま》を開く。

外には雪が降っている。そこに、老人は素足で飛びだした。

「おのれ、見ておれよ！」

両手を振り回しながら当主はどこかへ駆けていく。

その狂騒的な姿は、またたく間に見えなくなった。

沈黙が落ちる。

だが、当主づきのものらしい従者が慌てて後を追った。彼もまた、雪の中を駆けていく。

ザクザクと足音が響いた。やがて、それに悲鳴が重なる。

しばらくして、従者は戻ってきた。ひどく混乱した様子で、彼は叫ぶ。

「大変です！　ご当主さまが蔵を開き、中のものに火をつけました！　さらに油をまいて、屋敷を燃やして回っています！」

大変な事態だ。

だが、朔《さく》は従者のように叫ぶ気にはなれなかった。半ば冷静に、彼は眉根《まゆね》を寄せる。

なにかがおかしい。

形にならない違和感に、朔は言及しようとした。

その前に、藤花《とうか》が口を開いた。

「蔵に火をつけたことについてはまだいい。だが、最新の暖房設備がもうけられている永瀬《ながせ》に、なぜ大量の油が保管されているのか。それが都合よく、老人が持ちだせる位置にあったのか」

ああ、そうだと朔はうなずいた。

まるで、すべてが用意されていたかのようだ。

「なにもかもがおかしいね」

疑うように、藤花は未知留《みちる》を見た。朔もその視線の先を追う。

未知留は、
未知留は笑っていた。
不思議と、それは幸せそうなほほ笑みに見えた。

＊＊＊

藤花の言葉に、彼女は答えはしなかった。

なめらかに、未知留は動きだした。飾り紐《ひも》を揺らして、彼女は庭へと降り立つ。優雅な動きで、未知留は振りかえった。甘く、彼女はささやく。

「消火できるかどうかなど、確認してまいります。朔様たちはごゆるりと、ご自由に」

ご自由に。

それはどういう意味か。

朔《さく》が悩む間にも、未知留《みちる》は場を後にした。

従者のものたちは彼女について行く。甲斐羅《かいら》もそうだ。だが、すぐに、彼は戻ってきた。

朔は目を細める。甲斐羅の様子はどこかおかしかった。

なにせ、彼は永瀬《ながせ》にふさわしくないものを持っている。

ジェラルミン製のアタッシュケースだ。

「ごらんくださいませ、朔様」

恭しく、彼は朔の前でそれを開いてみせた。

朔は言葉を失う。

中には、ぎっしりと札束が詰められていた。

なにごとかと、朔と藤花《とうか》は顔を見あわせる。

一方で、甲斐羅のほうは落ち着いたものだった。ぱたりと、彼はアタッシュケースの蓋《ふた》を閉じる。冷静な口調で、彼は朔たちに誘いをかけた。

「永瀬の処刑部屋のそばの壁には隠し階段がございます。そこから地下を越えて、山に出られるはずです。これを持って、お二人は今すぐにお逃げください」

「なにを言って」

「これが未知留様のご意志です」

意味がわからなかった。

だが、それ以上、甲斐羅はなにも言わない。彼自身も指示だけしか彼女から聞かされてはいないようだ。朔は混乱に叩《たた》き落とされた。未知留の真意は測りがたい。だが、外では騒ぎが広がっている。一族内での殺人をくりかえしてきた永瀬には、消防を呼ぶことはできないだろう。このままでは、朔たちも巻きこまれて焼け死ぬ可能性がでてくる。

そして、逃げるには金が必要だった。

朔はアタッシュケースの持ち手をつかんだ。それでいいと言うように、甲斐羅は礼をする。つづけて、朔はすばやく藤花の手をとった。

「行くぞ、藤花」

「でも、朔君」

「急ごう」

藤花は何かを言いよどんだ。だが、どこからかただよってきた煙の臭いに、そのひまはないものとさとったらしい。彼女もうなずいた。ぎゅっと、朔は藤花の手をつかむ掌《てのひら》に力をこめた。

「逃げるんだ」

「うん」

そうして、二人は逃げだした。

地下へ。
暗くへ。

間話

彼女は思う。

もしも、藤咲朔《ふじさきさく》の死ぬことがあれば、自分も後を追おうと。
それほどまでに、彼女は彼のことを心の底から愛していた。

彼は劣化品の彼女に、生きる意味を与えてくれた。

彼がいたからここまで彼女は生きてこられたのだ。恥知らずにも息をしてきたのだ。
この歪《いびつ》で、なにもかもがおかしい、異能の一族の中でも、必死に命をつないできた。

すべてがはじまったのは、あの桜の日に。
藤咲のあの庭で、彼と彼女が会った日に。

彼女は思う。

世界が、朔と自分の、二人だけならばよかったのに。
そうすれば、きっと世界はなにもかもが美しかった。

彼女は思う。
彼女は思う。
彼女は思う。

でも、それはすべて、
どうせ叶わないこと。

現実から、遠く離れた夢想でしかない。
彼女たちは、きっと幸せにはなれない。

彼女は、
彼女は、

彼女は思う。

ここは暗く。

そして寒い。

第五の事件壱　彼女の恋

地下牢へと続く大座敷にも火は放たれていた。ぐっと、朔《さく》は唇を噛《か》みしめる。目の前には危険な光景が広がっていた。いきおいよく、襖《ふすま》が燃えている。だが、立ち止まってはいられない。その傍《そば》を、朔たちは危うく行きすぎた。

光が目を焼く。

熱が肌をあぶる。

煙を吸っては命がない。

口元を押さえ、朔たちはかがみながら進んだ。幸いなことに、奥のほうはまだ火のいきおいが弱い。なんとか、二人は隠し扉までたどり着いた。開いてみると、中まで火は回っていない。白におおわれていない壁には、まだ冷気がまとわりついていた。

「急ごう」

「わかった」

足元の悪い階段を、朔と藤花《とうか》は慎重に駆け降りた。転びかけながらも、二人は最後の部屋まで行きつく。扉のすぐそば、突き当たりに見える壁に、朔は指を這《は》わせた。

ぐっと押してみる。

最初は、なにも起きないように思った。だが、ゆっくりと壁は動いた。

甲斐羅《かいら》の言ったとおりだ。

壁は一定以上押しこむと、横に動くしくみのようだった。

「本当に、開いたね」

「ああ」

朔たちは中を覗《のぞ》きこむ。

向こう側にはさらに湿った通路が広がっていた。いつからそのままになっているのか、天井には古い照明が点々とついている。床うえでは重く黒い水面が、うっすらと光を反射していた。

どうやら、水が溜まっているらしい。朔は思う。漏電がないことを祈るばかりだ。

彼はアタッシュケースを持ちなおす。もう片手で、朔は藤花の掌《てのひら》をぎゅっと握った。

「……行こうか」

「うん」

二人は歩き始めた。

バシャリと、音が鳴る。

靴の中に水が沁みこんだ。通路の中は寒い。長時間いれば凍死はまぬがれないだろう。

ときおり、照明は切れている。だが、足元には不自由がないだけの光量が確保されていた。

それだけがまだ、救いといえる。進みにくい通路を、二人はなんとか足を動かして先を急いだ。

朔《さく》と藤花《とうか》のたてる水音と、息の音だけがつづく。

やがて、ぽつりと、藤花はつぶやいた。

「このまま、僕たちは逃げきれるのかな」

「逃げよう。逃げてみせるんだ」

「でも、朔君、藤咲《ふじさき》も永瀬《ながせ》もおかしいよ」

悲しそうな声で、藤花は語る。

朔はうなずいた。

藤咲も永瀬も、異能の家は歪《ゆが》みきっている。

「そんなものたちを相手にして、僕たちはどこに行けるんだろう」

どこにも行けないかもしれない。

そう、朔は思った。

ついに、思ってしまった。

永瀬の残忍性、異常性に、彼は疲れ果てていた。

ふと、朔は二人の人間を思いだした。

桜の中の、『かみさま』。

雪の中の、占女の本物。

二人の、白と黒を。

（だから、彼女たちは死んだんじゃないのか？）

どこまで行っても、自分たちは逃げられないと知っていたから。

それならば、朔たち程度の弱い二人が、どこに行けるというのだろう。

朔は首を横に振った。弱音は吐けない。

彼には藤花がいるのだ。

暗い思考を、朔は強制的に振り払った。胸中の恐れを隠して、朔はひと言だけを口にした。

「急ごう」

「うん」

藤花を連れて、朔は歩き続ける。水の冷たさに痺《しび》れる足を、彼は死にものぐるいで動かした。

そのときだ。

不意に、薄暗い中に灯《あか》りが見えた。

朔は息を呑《の》んだ。

藤花も彼の手を握る指に力をこめる。

誰かが、いた。

灯《あか》りのそばに、朔《さく》たち以外の人間がいる。

だが、進む道など前以外になかった。

数秒の沈黙後、朔と藤花《とうか》はうなずきあった。二人は灯りに近づいていく。


そこに、女がいた。

彼女はまだ年若い。


だが、少女ではなく、女だった。


防水仕様のほどこされたランタンを、彼女は足元に置いている。淡い光に照らされた様は、不思議なほどに美しかった。いっそ神聖ささえ感じさせる。

静かに、おだやかに、彼女は目を開いた。

きらめく瞳《ひとみ》をして、永瀬末知留《ながせみちる》は語った。

「お待ちしておりました」

誰を。

いったい、誰を待っていたというのか。

そう、朔は思う。

瞬間、藤花は彼の手をほどいた。朔は目を見開く。慌てて、彼は彼女の掌《てのひら》をつかもうとした。

だが、指は宙を掻《か》く。

藤花は、前に出た。

未知留はほほ笑む。


『少女たるもの』と女は向かいあった。

二人の狭間に、重い沈黙が落ちる。

それは互いのなにもかもを、
わかっているかのような、不思議な無言だった。

＊＊＊

少なくない、時間がすぎる。

暗闇《くらやみ》の中に、澄んだ静寂が続いた。二人は視線を交わし続ける。

そして、藤花はささやいた。

「未知留君」

「はい」

「君は、朔《さく》君と逃げる気なんだね」

「なにを……」

言っているのかと。朔は問おうとした。

彼が未知留《みちる》と逃げる義理などない。

そんな選択をするはずもなかった。

だが、当然のように、未知留はうなずいた。

朔は息を呑《の》む。一方で、動揺することなく、藤花《とうか》は続ける。

「お膳立ては整っている。ご当主を激怒させることで、君は屋敷に火をつけた。もう、永瀬《ながせ》はおしまいだ。あとは、僕の死体と、朔君と体格がよく似た――甲斐羅《かいら》くんの死体が、焼けた状態で見つかればいい。本物の朔君が逃げていても、藤咲《ふじさき》はその事実には気づかないだろう」

藤花はその計画を語っていく。

いつの間にか、周到に積みあげられていた準備を。

「君を追ってきそうな永瀬の権力者たちについては、あらかじめ粛清を終えてある。この最後の大仕事……僕を殺して、追いかけてくるであろう甲斐羅君を殺して、上へ死体を放りこむことを終えて……アタッシュケースを持って、朔君と逃げれば、君の計画は成就するわけだ」

流れるように、藤花は語った。

ぐらりと、朔は眩暈《めまい》を覚える。

たび重なる粛清は、
甲斐羅のひきたては、
当主への嫌がらせは、
すべてこの瞬間のためだけにあったというのか。

意味がわからない。朔には納得ができなかった。だが、藤花はなめらかに続ける。

「以前、君は朔君に『もうすぐ、もっと私と朔様にふさわしい場所が手に入ります』と語った。彼にほほ笑むとき、君はなぜかいつも幸せそうだった。彼のとなりにふさわしいか、君は僕を試した。だから、僕は君を敵だと思ったんだ。朔君に恋をしている、敵だと認めた」

「嬉《うれ》しかったですよ」

未知留は言う。朔からすれば滅茶苦茶な言葉を、彼女は否定などしない。まっすぐに、未知留は藤花を見つめる。そして、彼女はやわらかな声をだした。

「私のことを、敵だと、恋するものだと、認めてくれて」

「朔君を、愛する人は恋敵だからね」

藤花は言う。

やはり、朔《さく》にはわけがわからなかった。

なによりも、未知留《みちる》の計画や思想には、根本的な問題がひとつある。

「俺が愛しているのは、藤花《とうか》だけだ」

そう、朔は二人に口を挟んだ。さすがに、黙っているわけにはいかなかったのだ。それに、わからなかった。なぜ、未知留が彼を愛したのか。そんなおおきな感情を抱いたというのか。

「覚えていらっしゃらないのですね」

嘘偽《うそいつわ》りなく、朔にはいっさいの覚えがなかった。

悲しそうに、未知留は口を開く。

「私は」

そして、彼女は語りはじめた。

単純な、未知留だけの物語を。

間話

桜が、
桜が咲いていた。

しんしんと、白色が地へと静かに降り落ちていく。その穏やかさは雪にも似て、けれども、まるで異なるものだった。花弁は柔らかく、優しい。だから、彼女は春のことが好きだった。

彼女には春は似合わないと。そう、何度も嘲笑《ちょうしょう》とともに言われたものだけれども。

だが、ふさわしくないものでも、好くことだけは許される。彼女はそう知っていた。

そうやって、未知留は生きてきた。

そうでなければ、生きのびることなどできなかった。

世界は、彼女にはふさわしくないもので溢《あふ》れている。その中で這《は》いつくばるように息をしながら、彼女はひとつひとつの物事を勝手に好いて光り輝くものにあこがれを抱いて生きてきた。

地獄の中でも、彼女はそうして微《かす》かに息をしてきたのだ。それは本当に、健気《けなげ》な試みであり、戦いだった。自分でなければとうの昔に疲れ果てて死んでいる――――そう考えたのも一回や二回ではない。だが、息絶えて死んでしまっていたほうが、本当はよかったのかもしれなかった。

劣化品でありながらも、そうして彼女は生き残ってしまった。

そのうえ恥知らずにも、彼女は生きる理由をもうひとつ見つけたのだ。


過去のできごとである。

ずしゃりと、
そのとき、未知留《みちる》はみじめに転んだ。

理由は覚えていない。石でもあったのか。慣れぬ場に、足をもつれさせたのか。それとも、手近な大人になんの理由もなく、肩を突かれたのであったか……。どれでもおかしくはなく、ゆえに、正解などわからないままだ。ただ、そのとき、彼女の前にふわりと跪《ひざまず》く人があった。

そっと、彼は彼女に手を差し伸べた。汚れた彼女の指に迷いなく触れて、彼は囁《ささや》いた。

「大丈夫ですか?」

彼はほほ笑んだ。

彼女もほほ笑みかえした。

笑ったのは、もうずいぶんとひさしぶりのことだと思った。

瞬間、未知留《みちる》は彼が大好きになった。

たった、それだけの。
それだけのなによりも大切な思い出だ。

＊＊＊

そうして、藤咲朔《ふじさきさく》が、
藤咲朔が彼女の光だったとして。

彼女は、
彼女は、

彼女はいったいなんだったのだろうか。

『少女たるもの』になりたかった。そう、彼女は思う。
『少女たるもの』でありたかった。そう、彼女は願う。

だが、未知留《みちる》にはそれが許されなかった。

少女になる前に、彼女は『女』になった。そのしたたかさと、強さ、生臭さがなければ、彼女は生きてはこれなかったからだ。しょせん、彼女は『少女になれなかったもの』にすぎない。

だから、うらやましかったのだ。
だから、殺すかと、試したのだ。

『少女たるもの』は彼女にはうらめしく、憎く、そして、眩《まぶ》しい存在だった。

それでも、彼女は思う。

あの春の日の、桜の咲く日の、
あの美しさだけは失われない。

それは、なにがあろうが自分だけのものだ。

たとえ、藤咲朔《ふじさきさく》がそれを忘れていたとしても。

彼女は、永瀬未知留《ながせみちる》は、すべてを覚えていた。

第五の事件弐

「あの春の日に。藤咲《ふじさき》に永瀬《ながせ》が招かれた日のことでした。十二の占女の一人として、私も参列した。そして、無様に転んだのです」

未知留《みちる》は、そう語った。

頬《ほお》を赤らめて、彼女は少女のように思い出をつむぐ。

たあいない。

本当に、たあいもないできごとを。

この永瀬であった、
すべての惨劇のはじまりを。


「あなたは私を助けてくれた」

それだけ、
それだけだった。
たったそれだけが、今に繋《つな》がるのだ。

「……俺は、覚えていない」
「……私は、覚えています」

あなたが忘れても、忘れはしません。

未知留は語る。熱をこめて、彼女は朔《さく》を見つめる。
朔は拳《こぶし》を握りしめた。言葉にはしないままに、彼は悟る。

（人はときに）
本当にささいなできごとに、圧倒的な救いを見いだすことがある。

そして、彼は少女を救った。
救ったのだと、そう、思う。

だが、それは、

（壊したのと、どう違う？）

永瀬《ながせ》の一族は異能の家だ。

かつて、永瀬は次々と異能をもつ娘の目を潰《つぶ》した。

ぎりぎり、未知留《みちる》はそれを免れたのだろう。

占女は表の場に出ることも多い。そのとき、盲目の娘は本物一人だけのほうがかっこうがつくからだ。だから、彼女は『異能の強さが増すか否か』の被験体としては後ろのほうに回された。それでも一歩間違えば眼球を奪われていたのだ。藤咲《ふじさき》も同様だった。異能の家の中で、絶対の力を持つもの以外はただの人間以上に軽視される。

人でないものは、崇《あが》められるか。

そうでなければ貶《おとし》められるかだ。

だから、彼女は地獄を生きてきたのだろう。

それでも、天国に憧《あこが》れた。

いったい、なぜか。

答えはただひとつ。

藤咲朔がいたせいだ。

＊＊＊

「君は」

「はい」

「君は、どうして」

朔《さく》は口を開く。彼は全身が震えるのを覚えた。己の知らないうちに負った罪の重さに、朔は押し潰されそうになる。それでも必死に、彼は疑問を吐きだした。

「俺が君を選んで逃げると思ったんだ？」

藤咲朔は、藤咲藤花《とうか》を愛している。

朔たちの様子を見れば、それは簡単にわかることだろう。それどころか、未知留は二人の関係性を最初から知っていた可能性が高かった。すべて未知留がしこんだことである以上——永瀬の本物に、『二人について占うように』提案を持ちかけたのは未知留であると考えるべきだ。

また、本当にすべての物事において占が先だったのか否かも、——彼女の計画を聞く限り、わかったものではない。『未知留《みちる》が起こす予定だったこと』を、本物はただ視《み》たのではないか。そうとも考えられる。実際には、占の結果に合わせて物事は勝手に進み、未知留がホテルの番号を調べたり、二人を事件に巻きこんで永瀬《ながせ》と深く関わらせたり、その上で本物の首を落とす必要性はなくなったのだ。そして提案した以上、藤咲《ふじさき》から出奔した二人の関係性を未知留は事前に知っていたことになる。

それなのになぜ、

自分を選んでもらえるなどと思ったのか。

そんな無謀な夢を見たのか。

誰もつれずに、一人待っていたのか。

だが笑って、

はにかんで、

未知留は言った。

「私をこうしたのはあなたです」

最初の占を行わせたのも、

本物を自害させたのも、
邪魔者を粛清したのも、
当主の正気を奪ったのも、
代わりを用意し、すべてを燃やしたのも、
「みんな、あなたのためなんです」
未知留は言う。
いっそ、誇らしげに語る。
すべてのはじまりは、
あの美しい春の日に。
「だから、あなたは私のために来てくれるべきではないですか？」
ここまでしたのだから応えてくれと。
そう、彼女は言いきった。

ああと、朔《さく》は気がついた。

今まで、未知留《みちる》のなしたすべては祈りだったのだろう。それらは彼女にとって、祭壇に供物を積むような。処刑台に生贄《いけにえ》をおくようような行為だった。彼女は恋心へと、犠牲を次々にくべた。

だから、未知留は堂々と続ける。

「『少女たるもの』にすらなれなかった私に、女でしかいられなかった私に、あなただけは残されてもいいではないですか」

その一念だけで、未知留は待っていたのだ。

誰も連れず、
暗く、寒い中を。

初恋の人を待つように。

ただ、ひたすらに朔を信じて。


「私はあなたを愛しているのだから」


これは藤咲《ふじさき》朔の罪だった。

それを、彼は理解する。

逃げることはしない。

あまりの重さを、朔は全身で受け止めた。彼は未知留に向きあう。はっきりと、彼は彼女だけを瞳《ひとみ》に映した。自分に恋する女性を、その事実を認めたうえで直視する。

そうして、朔は告げた。

「────お前の殺したものは、俺の殺したものだ」

告白のような、言葉だった。

彼は、彼女の罪を受け入れる。

すべて自分が背負うと決める。

そして、彼は答えを言うのだ。


「だが、俺が愛しているものは、藤咲藤花《とうか》だけだ」


未知留の笑顔が壊れる。それは永遠に戻らない崩れかたをした。

だが、告白の撤回はできなかった。他でもない朔自身もある思い出を抱いて、生きている。

それは、遠い春の日の話だ。

彼の前で、一人の少女が泣いた。大声で無様に泣いて、彼女は彼に言ったのだ。

『ずっといっしょに歩いておくれよ！　約束だよ！』

それだけだ。

それだけで、朔《さく》は彼女のことを好きになってしまったのだ。

人はときに、本当にささいなできごとに、圧倒的な救いを見いだすことがある。

「俺の救いはお前じゃなかった」

ごめんな。
ごめんね。

くりかえし、彼は口にする。
そして、藤咲《ふじさき》朔は、
この世でもっとも残酷なひと言を口にした。

「俺には、おまえを救えない」

人が、
人を救えるとしたら。

それは、たった一人だけだから。

＊＊＊

ふらりと、
未知留《みちる》は揺れた。

派手な水音がたつ。彼女はその場に崩れ落ちた。

未知留はもう何も言わない。震えながら、彼女は動こうとはしなかった。

ぱしゃりと、藤花《とうか》は小さく水を跳ねさせる。未知留に、彼女は近づいた。

そして、藤花はささやく。

「君がしたことを、君が殺した人たちは許さないだろう」

それは当然のことだ。

誰も彼もが、彼女のことを許しはしない。

それでも。

「でも、僕は君のことが嫌いではなかったよ」

泣きそうな顔で、藤花は告げた。未知留は答えない。藤花はさらになにかを言いかけた。だが、唇をひき結んで、彼女は首を横に振った。これ以上は残酷だ。なにを告げても、しょせんは勝者の言葉にしかならない。だから、藤花《とうか》は口をつぐんだ。ゆるりと彼女はきびすをかえす。

その背中に、未知留《みちる》はぽつりとつぶやいた。

「あなたは」

「うん」

「あなたは『少女たるもの』でいられたから」

「うん、そうだね」

「私、は」

未知留は黙った。

朔《さく》は藤花に近づく。そっと、彼は彼女の肩を抱いた。

もう、未知留のことは見ていられなかった。彼は口を開く。

「……行こうか」

「……そうだね」

二人は歩きだす。

そのときだ。

間近で、激しい水音が響いた。朔はハッとする。とっさに、彼は藤花のことを突き飛ばした。

水の中に、彼女は転ぶ。なにかと顔をあげ、藤花は叫んだ。

「朔君!?」

彼のわき腹にはナイフが突き刺さっていた。

燃える瞳《ひとみ》で、甲斐羅《かいら》は彼を強く睨《にら》みつけた。

＊＊＊

「泣かせたな」

「……ぐっ、あっ」

「おまえは、未知留様を泣かせた」

知っているのかと、朔は聞きたかった。

おまえは藤咲《ふじさき》朔の代役として殺されようとしていたのだと。

だが、同時に、朔は思った。

（きっと甲斐羅は知っているんだ）

未知留は己を殺そうとしていた。それを承知で、彼はナイフを握っている。

そうして、朔に刃を刺していた。

「未知留様を泣かせるものは、許さない」

甲斐羅はナイフをねじろうとした。朔が気がつく。甲斐羅は内臓を抉《えぐ》ろうとしていた。

その直前、朔は彼をアタッシュケースで殴りつけた。ナイフが抜ける。甲斐羅は倒れた。アタッシュケースもどこかに飛んでいく。だが、どうでもよかった。朔《さく》には拾う気はない。

必死になって、彼は『それだけ』を叫んだ。

「藤花《とうか》、逃げろ！」

「いやだ、朔君、いやだ！」

「いいから、逃げろ！」

朔が守りたいのは彼女だけだ。

自分のことなどどうでもいい。

他のなにもかもも。

世界すらもどうでもいい。

それなのに、藤花は走り寄ってきた。朔の傷口に触れ、彼女はびくりと全身を震わせる。必死になって、藤花は小さな掌《てのひら》で傷口をふさごうとこころみた。だが、甲斐羅《かいら》が迫ってくる。

せめてと、朔は藤花におおいかぶさった。彼は彼女の盾になろうとする。

たった一人を守ろうとする。

そのときだ。

「おやめ！」

未知留《みちる》が叫んだ。

忠犬のごとく、甲斐羅はすばやく反応した。ぴたりと、彼は動きを止める。

しんっと、辺りは鎮まりかえった。
もう、なんの音もしない。
その中で、おごそかに、未知留は言った。
「行かせておやり」
甲斐羅は迷ったようだった。だが、彼はそっと身をひいた。
震えながら、朔は立ちあがった。
藤花がその肩を支えた。彼は歩きだす。足を動かすたび、血がこぼれた。それが熱い。
必死に、藤花は朔に寄り添った。泣きながら、彼女は何度もくりかえす。
「しっかり、朔君。死なないで。僕を残して死なないで」
「死なないよ……お前を残して、死ぬものか」
藤花はすがる。
朔は応える。
恋人たちは歩いていく。
必死に、二人は逃れる。
その後ろで、声が聞こえた。
未知留の声が。

「ああ、雪が降っているのね」
ちらりと、朔《さく》は後ろを見る。
今、
今、彼女は雪を見る。
虚空にはなにもない。
それなのに。
それなのに、彼女の目は白い景色を映しているようだった。
ふわりと笑い、未知留《みちる》はささやいた。
「まるであの日の桜のよう」
だが、彼女に咲き誇る桜は見えないのだ。
皮肉にも、
あの春の日には二度と帰れない。
笑って、
笑って、
未知留は、
ふと、正気にかえったようにささやいた。

「ねえ、おまえ、私を殺してくれる?」

「未知留《みちる》、様」

「頼むから。私はね、たくさん、たくさん、殺したのよ」

けらけらと、未知留は笑う。

そして彼女は悲しく告げた。

「なぁんの意味もなかったのに」

幸福に繋《つな》がる道は断ち切られた。

朔《さく》が否定したのだ。

それでも、彼は振りかえらない。

ただ、声だけを聞く。

朔は藤花《とうか》を選んだのだから。

やがて、甲斐羅《かいら》はつぶやいた。

「あなたは壊れていた。致命的に、壊れきっていた。俺には、それがわかっていたんだ。でも、あなたが壊れていなかったら。生涯、救いを知らなかったものがここにあります」

「……そう」

「ありがとう、ございました」

本当に、本当に、ありがとうございました。

肉を切る、音がした。

少しだけ、朔は後ろを向く。

喉《のど》から血を吹きながら、女は倒れた。

桜か。

雪か。

白い手でどちらかをつかもうとしながら。

どちらもつかめず、その場へ崩れ落ちる。

そして、朔が最後に見たのは、甲斐羅が己の胸を突き刺す姿だった。

エピローグ壱

――朔《さく》君、がんばって、朔君。

暗い、暗い、階段を昇る。
熱い、熱い、血が垂れる。

――朔君、死なないで、朔君。

誰かが、誰かが泣いている。
愛《いと》しいものが、泣いている。

――朔君、どうか。

外に出る。
外は白い。

朔は思う。
これは桜だ。
桜が咲いている。
あの日のように。

その中で、

泣いて、
泣いて、
泣いて、

いとしい人は。

「君が死んだら、僕も死ぬね」

最後にそうとだけ言って、笑った。
とても、とても綺麗《きれい》な笑みだった。
彼女が笑った、それだけで。
死んでもいいと朔《さく》は思った。

エピローグ弐

場所は変わって。

紅と白だけで統一された部屋の中。

長髪を結んだ青年が、一人立っていた。

繊細な細工の椅子《いす》の背に手をかけながら、彼は本を読んでいる。分厚い、哲学書だ。文字を追いながら、青年は実に退屈そうな顔をしていた。その頭には、ふざけた猫の面が乗っている。

彼の前で、焦《じ》れたように一人の男が咳《せき》をした。

青年は顔をあげた。ああと、彼は言う。


「それから、どうなったかって？　藤咲《ふじさき》の二人だろう？」


彼は肩をすくめた。机の上に、青年は本を伏せる。

つまらなさそうに彼は香り高い中国茶をすすった。


しばらく、時間が流れる。

待っている男は、意味なく足を動かした。やっと自分の言葉が止まっていたことを、青年は思いだしたらしい。実に気まぐれに、彼は顔をあげた。

そして、青年は目の前の男――藤咲の使者に告げた。

彼が告げるべき、その言葉を。

「彼らは死んだよ、二人とも、ね」

――第三巻に続く。

GAGAGA

ガガガ文庫

霊能探偵・藤咲藤花は人の惨劇を嗤わない2

綾里けいし

発行 2022年6月22日 初版第1刷発行

発行人 鳥光 裕

編集人 星野博規

編集 小山玲央

発行所 株式会社小学館
〒101-8001 東京都千代田区一ツ橋2-3-1
［編集］03-3230-9343 ［販売］03-5281-3556

カバー印刷 株式会社美松堂

印刷・製本 図書印刷株式会社

Printed in Japan ISBN978-4-09-453074-2